¿Solo una semana?

ANNE OLIVER

HARLEQUIN™

Editado por HARLEQUIN IBÉRICA, S.A.
Núñez de Balboa, 56
28001 Madrid

¿SOLO UNA SEMANA?, N.º 1869 - 15.8.12
Título original: The Morning After the Wedding Before
Publicada originalmente por Mills & Boon®, Ltd., Londres.

I.S.B.N.: 978-84-687-0386-2
Depósito legal: M-20657-2012
Editor responsable: Luis Pugni
Fotomecánica: M.T. Color & Diseño, S.L. Las Rozas (Madrid)
Impresión en Black print CPI (Barcelona)
Fecha impresion para Argentina: 11.2.13
Distribuidor exclusivo para España: LOGISTA
Distribuidor para México: CODIPLYRSA
Distribuidores para Argentina: interior, BERTRAN, S.A.C. Vélez Sársfield, 1950. Cap. Fed./ Buenos Aires y Gran Buenos Aires, VACCARO SÁNCHEZ y Cía, S.A.
Distribuidor para Chile: DISTRIBUIDORA ALFA, S.A.

Capítulo Uno

Emma Byrne se negó a ceder a los nervios que aleteaban en su caja torácica como avispas histéricas. Era una chica sofisticada de ciudad y no le daba miedo entrar en un club de *striptease* de tercera situado en King's Cross, el famoso distrito de Sídney de clubes nocturnos. Sola.

Pero le había prometido a su hermana que le entregaría el traje de padrino a Jake Carmody, y lo haría. Podía hacerlo.

Eran las seis de la tarde de un apacible lunes de otoño y el Pink Mango ya estaba abierto. Subiéndose aún más las gafas de sol se cambió el bolso de mano y se echó la funda del traje al hombro y entró. La música vibraba por toda la sala, que olía a cerveza y a colonia barata. Respiró con una mueca de desagrado.

Titubeó cuando un millón de ojos parecieron mirarla. «Te lo estás imaginando», se dijo. «¿Quién te iba a mirar en un tugurio como este?». En especial con la gabardina roja que le llegaba hasta las rodillas y completamente abotonada, botas de caña hasta las rodillas y guantes. Al reflexionar en ello dedujo que quizá eran el motivo por el que recibía más que unas pocas miradas…

Sin prestar atención a los ojos curiosos, centró su

atención en la decoración. El interior era incluso más cutre y chillón que el exterior. Predominaban el rosa caramelo, el dorado y el negro. Las sillas y los sillones estaban cubiertos de un fucsia de aspecto sucio con motivos animales. Una bola giratoria de discoteca proyectaba haces multicolores sobre las camareras en *topless* que recorrían la sala con sonrisas falsas como sus pechos.

Pero al menos ellas tenían pechos.

La mayoría de los clientes tempraneros se hallaba alrededor de un escenario oval elevado mirando con ojos lascivos a una solitaria bailarina cuya única vestimenta era un tanga dorado y que le hacía el amor a un poste de latón. En una nalga firme llevaba tatuada una cobra.

Emma no era capaz de apartar la vista. «Lo que le gusta a los hombres...». Ella jamás tendría esa voluptuosidad ni el valor para exhibirla.

Quizá ese era el motivo por el que Wayne había cortado con ella.

Desterró sus inseguridades, suspiró y le dio la espalda al espectáculo. En ese momento lo que menos necesitaba era recordar sus propias carencias físicas.

«No me importa que Ryan y tú os vayáis a casar el próximo fin de semana, me debes una gorda por hacer esto, hermanita».

«Tengo cita para la manicura», le había dicho Stella con la típica desesperación prenupcial en la voz. «Ryan está en Melbourne hasta mañana por una conferencia y tú no tienes nada especial programado para esta noche, ¿verdad?».

Stella sabía que desde su ruptura con Wayne no tenía vida social. Y aunque no hubiera estado libre, siendo dama de honor, ¿cómo iba a negarse a la petición de la novia? Pero un tugurio de *striptease* no había formado parte del trato.

Un hombre con una camisa abierta y una cadena de oro gorda sobre una obscena mata de vello gris en el pecho la observaba del otro lado de una mesa próxima. Sintió que unas gotas de sudor le caían por la espalda. Se estaba asando debajo de la gabardina.

Pero parecía la persona a la que dirigirse, así que se movió con rapidez. Se irguió y se obligó a mirarlo a los ojos, algo complicado cuando esos ojos estaban clavados en sus pechos.

Pero antes de que pudiera hablarle, el giró un dedo gordo y dijo:

–Si vienes por el trabajo, quítate esa gabardina y muéstranos qué tienes.

El vello de la nuca se le puso de punta.

–¿Disculpe? Yo no…

–Aquí no necesitarás un disfraz, encanto –miró la funda que llevaba al hombro–. Esta noche nos falta alguien, así que puedes empezar por las mesas. Cherry te lo indicará. ¡Eh, Cherry! –su voz ronca por el tabaco atravesó el aire espeso.

Emma usó un tono de voz más gélido.

–He venido a hablar con Jake Carmody. Así que dígame dónde puedo encontrarlo para terminar mi asunto con él y largarme de aquí.

Esos ojos pálidos la observaron más mientras una mujer se acercaba portando una bandeja. Lucía unos *shorts* dorados estilo años 80 y una blusa negra transparente. Debajo del maquillaje, vio que se la veía cansada y sintió simpatía. Sabía lo que era tener que trabajar en cualquier cosa por necesidad.

–La dama aquí quiere ver al jefe. ¿Sabes dónde está?

¿El jefe?

–Tiene que haber un error... –calló. Su secretaria le había dicho que podría encontrarlo en esa dirección, pero... ¿era el jefe de ese tugurio?

La mujer llamada Cherry se encogió de hombros con indiferencia.

–La última vez que lo vi, estaba en su despacho.

El hombre indicó con el dedo pulgar una escalera estrecha en el extremo de la sala.

–Arriba, primera puerta a la derecha.

–Gracias –con los labios apretados y consciente de algunas miradas que seguían su avance, cruzó el club.

¿El jefe?

A pesar del calor, experimentó un escalofrío. El estilo de vida que llevara no era asunto suyo, pero ni en un millón de años habría esperado que el hombre al que recordaba estuviera implicado en un tugurio un nivel por debajo de los clubes nocturnos de dudosa reputación. Estaba titulado en derecho mercantil.

Era evidente que esto le producía más beneficios.

Conocía a Jake desde el instituto. Era uno de los amigos de Ryan y los dos a menudo se habían presentado en su casa para charlar con su hermana más sociable y escuchar música. Ella o bien había estado en uno de sus trabajos después de la escuela o bien experimentando con su fabricación de jabón, pero en contadas ocasiones Stella la había convencido de unirse a ellos.

Era un imán para las chicas. Ecuánime, levemente peligroso y demasiado experimentado para alguien como ella. Quizá por eso siempre que había sido posible había intentado evitarlo.

Aunque eso no había impedido que se enamorara un poco de él. Movió la cabeza y pensó que sus ojos jóvenes habían estado nublados por la ingenuidad. Además, el amor no figuraba en su plan vital. Nunca más.

Lo oyó antes de llegar a la puerta. Esa voz familiar profunda y algo parsimoniosa que parecía fluir sobre los sentidos como caramelo líquido. Hablaba por teléfono.

La puerta se hallaba entreabierta y llamó. Oyó el ruido sordo que hizo al colgar con fuerza al tiempo que soltaba un epíteto corto y grosero antes de decir con impaciencia:

–Adelante.

No alzó la vista de inmediato, lo que le permitió acomodarse las gafas sobre la cabeza y estudiarlo.

Sentado ante un escritorio destartalado lleno de papeles, escribía algo. Llevaba una camisa azul con las mangas remangadas sobre unos antebrazos fibrosos y bronceados. A diferencia del resto del tugurio, la ropa era de primera calidad. Lo miró a la cara y el corazón le latió con un poco más de rapidez.

El pelo tupido y oscuro se levantaba aquí y allá, como si hubiera estado pasándose las manos por él. Sus dedos anhelaron bajárselo…

Santo cielo, estaba deseando a un hombre que no solo usaba a las mujeres, sino que las explotaba en una sala de mala muerte dedicada al *striptease.* Desear tocarlo la colocaba en un lugar tan bajo como él y tan mala como los pervertidos que había abajo. Pero a pesar de ello, siguió experimentando pequeños escalofríos.

–Hola, Jake –se sintió impresionada consigo misma por el saludo distante que logró ofrecer.

Él alzó la vista y el ceño fruncido se vio reemplazado por una expresión de aturdida sorpresa.

–Emma –dejó despacio el bolígrafo sobre la mesa, cerró la carpeta y se tomó su tiempo para ponerse de pie–. Cuánto tiempo sin verte.

–Sí –convino ella, soslayando esa visión masculina de unos gloriosos metro ochenta y cinco, con unos hombros anchos que llenaban por completo la camisa–. Bueno... todos tenemos vidas ocupadas.

–Sí, hoy en día es así, ¿verdad? A diferencia del instituto.

Rodeó la mesa con una sonrisa que era como una caricia lenta que le hacía cosas asombrosas a su cuerpo.

Retrocedió un paso. Necesitaba largarse y deprisa.

–Veo que estás ocupado –dijo con celeridad, mirándolo a los ojos negros como el café–. Yo...

–¿Has venido en busca de un trabajo?

Se quedó boquiabierta y sintió que se sonrojaba. El muy imbécil.

–Llamé a tu oficina... tu otra oficina, y tu secretaria me dijo que estabas aquí –hizo una mueca y arrojó el portatrajes sobre la mesa, haciendo que los papeles volaran por todas partes–. Tu traje para la boda. Si requiere algún retoque, el sastre ha dicho que necesitaría al menos tres días, razón por la que he venido a traértelo esta noche. Ryan se encuentra fuera del estado y Stella tenía una cita, así que yo…

–Emma. Bromeaba.

Vislumbró el brillo en sus ojos y retrocedió otro paso. ¿Por qué no iba a bromear? Ella no estaba a la altura de esas criaturas voluptuosas que había en la sala.

–Hoy no tengo tiempo para bromas. Ni para nada más. Bien… ya tienes el traje. Me marcho.

Bajo la dura luz fluorescente, Emma vio las ojeras y las líneas bajo los ojos, como si llevara semanas sin dormir. Se dijo que merecía esa tensión por hacer que se sintiera como una tonta. Como si su autoestima no sufriera suficiente después de que Wayne hubiera puesto fin a la relación…

–Así que a nosotros dos nos tocó *Lo que el viento se llevó*, ¿eh? Espero poder hacerle justicia a Rhett Butler –miró el portatrajes y luego le dedicó una sonrisa sexy–. Y tú serás mi Escarlata por ese día.

Se puso rígida, pero la sangre fluyó a más velocidad por sus venas.

–No seré tu nadie. Se me escapa por qué habrán elegido un tema de parejas famosas para la boda.

Él se encogió de hombros.

–Querían algo original y descabelladamente romántico… ¿por qué no? Bien pueden divertirse ese gran día. A partir de ahí todo será cuesta abajo –volvió a dedicarle esa sonrisa demoledora–. Gracias por traérmelo. ¿Puedo ofrecerte una copa antes de que te marches?

–No. Gracias.

Jake cruzó los brazos y se apoyó contra el escritorio, inhalando la fragancia fresca y desconocida que había entrado con ella. Era una visión renovadora para ojos cansados.

Alta y esbelta como una amapola de ojos azules. Incluso enfadada se la veía asombrosa, con esa mirada gélida de zafiro y el modo que tenía de fruncir los labios. Brillantes, carnosos...

Contuvo el impulso súbito y loco de acercarse y probarlos. Probablemente, no tendría que haber hecho la broma del trabajo allí. Pero no se había podido contener. En las contadas ocasiones en que la habían podido convencer de que se uniera a ellos, había estado tan condenadamente seria. Era evidente que eso no había cambiado.

Se frotó la mandíbula sin afeitar.

–De haber sabido que ibas a venir, lo habría arreglado para que dejaras el traje en mi otra oficina.

Ella le dedicó otra mirada gélida y, extrañamente, él sintió como si le hubiera dado un puñetazo.

–He de irme –anunció con rigidez.

–Te acompañaré abajo –se apartó de la mesa.

–No. Preferiría que no lo hicieras.

Conocía lo suficientemente bien ese tono como para saber que lo mejor era no llevarle la contraria. Cruzó los brazos.

–De acuerdo. Gracias por traerme el traje. Es algo que aprecio.

–Me alegra oír eso, porque ha sido una excepción.

–Te veré mañana en la cena.

–Siete y media –se acomodó el bolso–. No llegues tarde.

–Emma… –ella giró la cabeza y él volvió a pensar en un campo de amapolas un día de verano. Tendido entre ellas con Emma–. Me alegro de volver a verte.

No contestó, pero titubeó, mirándolo con esos ojos fabulosos. Luego Emma asintió una vez y giró hacia la puerta.

La observó irse, admirando cómo se movía, recta, sexy y con clase. Durante un momento se preguntó por qué no había intentado nada con ella en el pasado. La había visto mirarlo en más de una ocasión cuando había creído que él no la veía.

Dejó de sonreír y supo por qué. Emma Byrne desconocía el significado de lo que era divertirse, y desde luego no sabía cómo relajarse. Era como si llevara tatuado en la cara la palabra «seria».

Jake, por el contrario, no buscaba nada serio. No se comprometía. Disfrutaba con las mujeres… en sus términos. Con mujeres que conocían las reglas. Y cuando se terminaba, se terminaba, sin malentendidos ni mirar atrás. Pero no podía negar que esa Emma más hermosa, más madura y más femenina lo excitaba. Y mucho.

La puerta se cerró y escuchó sus pisadas desvanecerse. Volvió a pensar que debería haberla acompañado abajo. Pero tanto ella como su lenguaje corporal habían irradiado una negativa rotunda.

Desterrando los pensamientos lujuriosos, se bajó las mangas de la camisa. Maldijo al condenado Earl, el padre que lo había engendrado, por dejarle ese caos que debía desentrañar. Nadie estaba al corriente de su conexión con ese club, con la excepción de Ry y sus padres, y más recientemente su secretaria.

A la que en ese instante había que añadir a Emma Byrne.

–Maldición.

Miró la hora y se guardó el teléfono móvil en el bolsillo. No tenía tiempo en ese momento para esa complicación en particular... debía asistir a una importante reunión de negocios.

Capítulo Dos

Y encima ella le había dicho que no se presentara tarde.

–Más vale que tenga una buena excusa –musitó Jake la noche siguiente al girar a la izquierda con su BMW para poner rumbo a la zona Coogee Beach, en la costa de Sídney, donde Emma vivía con su madre.

Siempre había sido muy responsable, y siendo esa la noche de su hermana, dedujo que no se ausentaría sin una razón válida. Pero no había contestado el móvil y la preocupación le iba carcomiendo la impaciencia.

Quizá Emma no era la misma esos días. Tal vez había decidido pasar de esas obligaciones autoimpuestas para divertirse al fin un poco.

Las entrañas se le tensaron unos momentos ante el recuerdo. Sabía exactamente la última vez que la había visto. Siete meses atrás, en la fiesta de compromiso de Stella y Ryan. También sabía exactamente lo que llevaba en aquella ocasión... un vestido largo y ceñido del color del mar.

Se obligó a relajar la mandíbula. ¿Qué importaba que hubiera notado cada detalle... hasta el esmalte que le adornaba las uñas de los pies? Un chico podía mirar.

Había llegado justo a tiempo para verla marcharse de la mano con un rubio musculoso de estilo surfero. Stella le había dicho que se llamaba Wayne. Al parecer Emma y Wayne estaban enamorados.

Se dijo que quizá el surfero era el motivo por el que Emma había perdido la noción del tiempo...

Giró por la entrada de vehículos de los Byrne que daba al oscuro océano. Las puertas metálicas estaban abiertas y se detuvo detrás de una ranchera roja aparcada ante las escaleras de piedra.

A mitad de la propiedad en pendiente se hallaba el estudio de música donde recordaba haber pasado tardes el último curso del instituto. Las sombras amortajaban las paredes de ladrillo, pero de la ventana salía una débil luz ambarina. Le habían informado de que en ese momento Emma vivía allí y era evidente que seguía en casa. Y al parecer también estaba sola, ya que no se veía ningún otro coche.

Bajó del coche y sacó el móvil del bolsillo.

–¿Ry? Al parecer todavía ni siquiera ha salido –fue hacia los escalones–. Estaremos allí pronto.

Guardó el teléfono y bajó los peldaños. Si conseguía llegar a tiempo a esa boda después del día infernal que él había tenido tratando de mantenerse en lo alto de dos negocios, Emma también podía. Después de todo, era la dama de honor.

Por la ventana se filtraba música relajante. Aminoró los pasos, respirando el aire salado con un toque de madreselva, y se ordenó calmarse.

***

El timbre de la puerta junto con una llamada perentoria al panel sacaron a Emma de su trabajo como si se hubiera hallado en un sueño profundo. Miró la hora. Parpadeó. Santo cielo. Le había asegurado a Stella que saldría de inmediato cuando la familia se marchó hacía casi una hora.

Estiró los músculos entumecidos y se aseguró que su desliz no era porque su subconsciente no quería ver a Jake. No iba a dejar que él y el momento loco del día anterior, cuando las miradas se habían encontrado y el mundo pareció desvanecerse, afectaran su vida. De ningún modo.

–Voy, voy –murmuró. Introdujo el pedido de pequeños jabones florales que había estado envolviendo en su contenedor y gritó–: ¡Voy! –se alisó los lados del delantal blanco y abrió la puerta–. Yo...

La silueta llenaba el umbral, bloqueando lo que quedaba de la luz crepuscular y oscureciendo sus facciones, pero de inmediato supo quién era cuando sintió el corazón en un puño.

–Jake –se sentía sin aliento. Ridículo. Ceñuda, encendió la luz del vestíbulo. Intentó no admirar la vista, pero con los ojos se comió su apostura morena como una mujer sometida a una larga dieta de chicos rubios.

Esa noche lucía unos pantalones oscuros hechos a medida y una camisa de color chocolate abierta al cuello. El pelo del color del whisky añejo se elevaba levemente bajo la brisa salada.

–Así que aquí estás –dijo con tono brusco.

–Sí, aquí estoy –intentó soslayar la agitación que le había provocado recordar dónde lo había visto la última vez. Le ofreció una sonrisa indiferente, decidida a no dejar que el ayer estropeara el presente–. Y con retraso –continuó–. Supongo que has venido por eso, ¿no? –¿qué otro motivo podía haber?

–Tenías a algunas personas preocupadas –dijo como si él no se considerara entre ellas; entró y estudió la mesa del comedor, cubierta con los jabones artesanales de leche de cabra–. No contestabas el teléfono –volvió a mirarla a ella–. No estás accesible cuando la gente trata de ponerse en contacto contigo.

–¿Y eso lo dice el hombre que ayer estaba demasiado ocupado en su otro negocio como para contestar el móvil? –replicó–. Por suerte tu secretaria me brindó la información.

–Me disculpo por los inconvenientes y por cualquier bochorno que pude haberte causado.

–De acuerdo –Emma respiró hondo. Forzó a su yo más maduro a encerrar en un rincón de su mente el incidente del día anterior. Por el momento–. En cuanto a mí, no tengo excusa legítima para haber olvidado la hora, así que es mi turno de disculparme porque hayas tenido que venir a buscarme –intentó sonreír.

Él asintió y su mirada se suavizó.

–Disculpas aceptadas –se inclinó y le dio un beso en la mejilla con labios firmes.

El hormigueo del día anterior regresó en una avalancha.

–Yo… mmm… iré a… –sintiéndose descentrada, retrocedió hacia una zona pequeña separada por una cortina que empleaba como su dormitorio, pero él no captó la insinuación y no se marchó–. Escucha, tú ve delante. Estaré lista en un abrir y cerrar de ojos y solo es un trayecto de diez minutos al restaurante.

–Ahora estoy aquí –se encogió de hombros y metió las manos en los bolsillos.

Ella se descalzó y con la vista se puso a buscar los zapatos.

–En serio, no hay necesidad de que esperes…

–Lo haré. Fin de la historia –examinó los pedidos de ella–. Tu afición sigue haciéndote ganar algo de dinero para gastos, entonces.

Lo miró con ojos centelleantes.

–No es solo una afición y jamás fue por el dinero –bufó y recogió un zapato con tacón de aguja y se lo puso–. ¿Por qué ayudar a personas con alergias de piel te parece una pérdida de tiempo?

–Yo nunca…

–¿Por qué no te vas mientras yo…? Encuentro mi otro zapato.

–Estás tan tensa –chasqueó la lengua–. Deberías salir más, Em. Contigo siempre es demasiado trabajo y poca diversión –recogió el zapato de debajo de una silla y se lo arrojó–. Quizá la boda te ayude en eso.

Lo atrapó con una mano, lo dejó caer delante de ella y se lo puso, luego se inclinó para sujetarse las tiras. Ya estaba harta de que la gente le dijera cómo debía vivir su vida. Tenía obligaciones. ¿Acaso ella le había dicho cómo debía llevar su vida? No.

Al terminar, se irguió y se apartó el cabello que le había caído sobre los ojos. «Olvídalo», se dijo. Tenía un trabajo poco interesante en el centro de atención de una compañía de seguros... aunque gracias a eso pagaba las facturas. Y acababa de sacarse un diploma en salud natural. Y si decidía dedicar sus horas libres a trabajar para ayudar a la gente a usar productos naturales, no era asunto de nadie más.

–¿Cómo está... no recuerdo el nombre...? ¿Sherry? –preguntó con dulzura exagerada mientras se desabotonaba la bata de laboratorio–. ¿Te echará de menos esta noche?

–¿Quién? –él enarcó las cejas.

–La que te acompañó a la fiesta de compromiso de Stella. Ella mencionó su nombre –continuó con rapidez por si llegaba a pensar que era ella quien lo había preguntado. Lo que había hecho. Pero Jake no necesitaba saberlo.

–Ah... te refieres a Brandy.

Emma se encogió de hombros.

–Brandy. Sherry.

–A mí me pareció más un caramelo –con sus labios carnosos y más que generoso escote. Y todo lo demás que a ella le faltaba–. No saludaste ni nos presentaste. ¿Fue porque era una de tus bailarinas exóticas?

–Tu cita y tú os marchasteis justo cuando llegamos. ¿Se trató de una curiosa coincidencia? –vio que la culpa la impulsaba a ruborizarse y sintió un aguijonazo de excitación. Diablos. Mantuvo la expresión neutral, pero se dijo que ahí pasaba algo.

Y en ese momento se desabrochaba el segundo botón de esa bata de laboratorio, revelando unas clavículas sexys que ponían ideas inadecuadas en su mente. Apretó los dientes.

–¿Vas a estar lista o qué? –la demanda le salió más áspera que lo que le hubiera gustado. Pero cuando se quitó la bata y la arrojó al sillón, contuvo el aliento.

–Ya estoy lista –lo miró con frialdad–. Uso la bata para proteger mi ropa cuando trabajo.

La mirada de él se clavó en su atuendo... un vestido negro corto con vetas de color bronce, que le ceñía a la perfección las curvas esbeltas. Tragó saliva. Las piernas. Se preguntó cómo era que nunca había notado lo largas que las tenía. Tan bien tonificadas y bronceadas. No imaginaba cómo sería tenerlas alrededor de su cintura.

«Frena». Deliberadamente relajó los músculos. Esperaría fuera y tomaría un poco de aire.

Pero antes de poder moverse, ella recogió un bolso bordado del sillón y se dirigió hacia la puerta de entrada.

–¿Nos vamos?

Él se adelantó y abrió.

–Iremos en mi coche.

–Llevaré mi propio coche, gracias.

Se detuvo ante un semáforo en rojo, moviendo con impaciencia los dedos sobre el volante. De no ser la noche de Stella, daría media vuelta y se iría a casa, se metería en la cama y no se levantaría.

El ruido a punto estuvo de hacerle dar un brinco en el momento en que Jake se sentaba a su lado.

–¿Es que no se te ocurre mejor idea que dejar abierta la puerta del acompañante cuando conduces sola por la noche?

Odió su expresión relamida y apartó la vista.

–¿Y a ti no se te ocurre nada mejor que darle un susto de muerte a una persona cuando está conduciendo?

–La luz se ha puesto verde.

–¿Qué haces aquí? No tiene sentido...

–Entraremos juntos, Escarlata.

–No me lo recuerdes –metió el coche en la plaza del aparcamiento, sacó la llave del arranque, bajó y cerró su puerta antes de que él se hubiera quitado el cinturón de seguridad.

Jake se tomó su tiempo con el fin de verla rodear la parte delantera del coche para ir hacia el camino. Ella ni lo miró. Cerró su puerta y pensó que esa noche tenía tantas espinas como una zarzamora.

–Si no queremos estropear esta cena nupcial, necesitamos hacer creer que nos llevamos bien.

Se detuvo justo a la entrada del restaurante.

–De acuerdo.

La hizo girar hasta dejarla de cara a él y notó lo rígida que estaba.

–En algún momento tendremos que mantener una conversación sobre lo sucedido.

–No hay nada de qué hablar.

Bajó las manos por sus brazos desnudos, la sintió temblar ante el contacto y enarcó una ceja.

–¿Nada?

–Nada –se frotó las manos y apartó la vista–. Hace frío. Debería haber traído una chaqueta. La dejé en la cama…

Sonriendo, la soltó.

–Anímate, Em, y por una vez date permiso para disfrutar de una velada.

Capítulo Tres

Con la mano apoyada levemente contra su espalda, Jake la condujo al restaurante de arriba. Unos exóticos tapices orientales decoraban las paredes de color borgoña. En el lado más alejado, detrás de unas puertas dobles de cristal había un balcón estrecho atiborrado de palmeras. De fondo sonaba una suave música oriental. Los recibieron los aromas tentadores de la cocina hindú mientras avanzaban hacia la mesa redonda de la familia, ya cubierta con deliciosos y picantes platos.

–Disculpas a todos –Jake saludó a la feliz pareja con un movimiento de la cabeza–. Me alegra ver que ya habéis empezado.

Emma musitó sus disculpas a Stella mientras Ryan servía arroz en dos cuencos y los pasaba a través de la mesa.

–Nos preguntábamos si habíais decidido hacer novillos.

–Se nos pasó por la cabeza… ¿verdad, Em? –Jake sonrió, disfrutando de la expresión consternada de ella, luego se volvió hacia el padre de Ryan.

Gil Clifton, un hombre robusto con pelo rojo crespo y siempre una sonrisa auténtica en la cara, se puso de pie y le estrechó la mano.

–Me alegro de volver a verte, Jake.

–Lo mismo digo. Todavía nos queda pendiente ese partido de tenis.

–Cuando quieras. Llámanos y pásate por casa.

–Lo haré.

La sonrisa de Gil se evaporó.

–Lamenté enterarme de lo de tu padre. Si hay algo que pueda hacer…

La mención del viejo solo le dejaba un sabor amargo en la boca y un vacío en el alma con el que se había reconciliado hacía años. Por lo que a él atañía, el de Gil y Julie Clifton era el único apoyo que había necesitado alguna vez.

–Lo tengo resuelto, gracias, Gil –besó la mejilla de Julie–. ¿Cómo lo lleva la madre del novio?

–Entusiasmada. Y para hacerme eco de las palabras de Gil, si quieres pasarte por casa a charlar… siempre eres bienvenido.

Si alguna vez le faltaron palabras, fue en esa ocasión. Los padres de Ryan eran las únicas personas que conocían su infancia y en ese momento toda la mesa estaba al corriente. Forzó una sonrisa.

–Gracias.

Emma vio cómo Julie le apretaba el brazo en un gesto de simpatía y pensó en lo poco que realmente conocía de su pasado aparte de que fuera amigo de Ryan.

–¿Cómo van los negocios? –preguntó Gil mientras Jake se dirigía a las dos sillas vacías.

–Muy ajetreados. Buenas noches, Bernice.

–Jake –la madre de Emma lo saludó con frialdad,

luego dedicó la misma mirada pétrea a su hija–. Gracias por recoger a mi hija.

Los demás retomaron las conversaciones mientras ella ocupaba el asiento vacío que Jake le dejó junto a su madre y susurró:

–Lo siento, mamá.

–Aunque he de admirar la ética de trabajo de Emma –comentó Jake al ocupar su lugar al lado de ella–. No es fácil hacer malabarismos con dos trabajos.

–¿Dos trabajos? –Bernice mordió las palabras–. Cuando uno es una pérdida de tiempo, yo…

–Mamá –Emma contó hasta diez mientras se acomodaba la servilleta en el regazo–. ¿Te gusta la comida?

–Necesitas dos trabajos de verdad para permitirte un vestido como ese –dijo su madre mientras pinchaba un tomate cherry.

Jake le sonrió a Bernice desde el otro lado de Emma.

–Y vale cada céntimo invertido. Se la ve sensacional, ¿no te parece? ¿Vino, Em?

–No, gracias. He de conducir –reconoció el apoyó de Jake con un gesto de asentimiento antes de beber un poco de agua–. Y lo compré de segunda mano, mamá. No sabía lo de tu padre –murmuró al rato mientras otras conversaciones fluían en torno a la mesa–. Lo siento.

–No lo sientas –no la miró. Se bebió la copa de un trago, la dejó en la mesa y centró su atención en algo que decía Ryan en su lado de la mesa.

Era evidente que no quería hablar de su padre, al

menos no con ella. Un momento más tarde, Jake se dirigió a ella.

–He sido brusco y no debería haberlo sido.

–Debe haber sido un momento duro, sin importar que él y tú... –no encontró las palabras adecuadas, de modo que tomó la bandeja más cercana–. ¿Samosa?

–Gracias –tomó una y la dejó en el costado de su plato–. He estado pensando en ti, Emma –se inclinó levemente hacia ella, con un vestigio de seducción en su tono suave.

Ella sintió que se ruborizaba.

–Yo no...

–¿Has pensado en vender tus suministros por Internet? –cortó una pieza de pan chino–. Podría ser un negocio rentable para ti. Nunca se sabe... con el tiempo hasta podrías llegar a dejar tu trabajo de día.

–No quiero dejar mi trabajo de día –«no me gusta correr riesgos. Mamá depende económicamente de mí. No puedo permitirme el lujo de fracasar».

–Yo podría ayudarte con tu plan de negocios –continuó él como si ella no hubiera hablado–. Solo tienes que pedirlo.

Pudo imaginar pidiéndole... muchas cosas.

–No tengo tiempo para perder ante el ordenador y ya te he dicho que no es por el dinero –¿plan de negocios? ¿Qué plan de negocios?

–No tener pericia informática no es algo de lo que sentirse avergonzado.

–Yo no... –puso los ojos en blanco y decidió que su protesta encontraría oídos sordos. Los hombres como Jake siempre tenían razón–. Me ocupa todo el tiempo abastecer a las tiendas locales. No necesito estar en línea.

–Lo facilitaría todo. Y si tus productos son tan populares, ¿por qué no querrías ver hasta dónde te llevan?

Claro que le gustaría. Eran su pasión, pero la tecnología no era su punto fuerte; no sabría ni por dónde empezar en una página web, y sus escasos ingresos... que iban destinados al presupuesto de la casa, no le permitían arriesgarse con semejante lujo.

–Como ya he dicho, no hay tiempo.

–Quizá deberías modificar tus prioridades. ¿O quizá te da miedo correr el riesgo? –la observó con ojos penetrantes–. La oferta siempre estará abierta si cambias de idea.

Se preguntó si era tan fácil de leer. Bastaba una hora con Jake para que él lo viera todo. Su miedo al fracaso. A dar ese paso a lo desconocido. Era la última persona a la que recurriría en busca de ayuda; tal como estaba la situación ya se sentía bastante vulnerable con él.

–Gracias, lo tendré en cuenta.

Durante la siguiente hora la cena estuvo acentuada por brindis en honor de los novios, discursos y recuerdos de momentos afectuosos.

Luego Emma se excusó para ir a los aseos y un rato después Jake la vio regresar y la observó, admirando su figura esbelta y el modo en que le ondulaban las caderas al caminar. Se reavivó la fantasía de la noche anterior y una descarga de lujuria le atravesó por todo el cuerpo. El día anterior en el club ella había sido fuego y hielo y no pudo evitar preguntarse cómo se traduciría eso en el dormitorio.

La vio detenerse de golpe cuando una pareja que había llegado hacía poco se cruzó en su camino. Jake entrecerró los ojos y se preguntó si ese no era… Sí. Wayne comoquiera que se llamara. Observó con interés cómo la pareja de él le apretaba el brazo un momento y luego se dirigía a los aseos, dejando a Emma y al surfero cara a cara.

Incluso desde la distancia pudo ver que Emma había palidecido y que el surfero intentaba escabullirse rápidamente de una situación complicada. Emma habló con los labios tensos y movió la cabeza. Luego giró con brusquedad y se fue en dirección al balcón.

Jake pensó si habría problemas en el Paraíso.

Emma ardía de bochorno al empujar ciegamente las puertas de cristal y dar una bocanada profunda de aire más fresco.

Había tenido el descaro de presentarle a la chica. Su novia. Rani, una belleza morena con propensión a excederse en el oro que llevaba, había hecho centellear un solitario nuevo en el dedo anular de su mano izquierda y dicho que llevaban viéndose más de un año.

Al tiempo que Emma y ella salían juntos. Se acostaban juntos.

El muy canalla.

Había roto con ella hacía solo un mes con la excusa de que para él ya no funcionaba. Entonces no le había mencionado a ninguna novia.

Protegida por las palmeras, se apoyó en la barandilla con la vista en el tráfico de abajo, que realmente no veía, ocupada como estaba remendando las heridas apenas cicatrizadas y su estúpida credulidad. La había usado. Engañado. Mentido…

–Emma.

–Se sobresaltó al oír la voz de Jake a su espalda. La vergüenza le volvió al rostro. Él debió de verlos conversar. No tenía sentido fingir que no había pasado.

–Hola. Solo hablaba con un ex.

–Al parecer un ex reciente –con manos cálidas la hizo girar hacia él por los hombros. Le alzó el mentón con un dedo y sus ojos le revelaron que sabía mucho más–. ¿Debería lamentarlo?

Movió la cabeza.

–En este momento no soy muy buena compañía –desprendiéndose de la intimidad del contacto, volvió a mirar hacia la calle.

–No has contestado, Em –musitó–. Pero si quieres saber mi opinión, te diría que ni merece que lo sientas por él.

–Desde luego que no. Esa era su novia. Según ella, llevan juntos más de un año.

–Mmm. Ya veo.

–Por desgracia para mí, yo no lo vi. Los dos estábamos ocupados con el trabajo y compromisos fuera de la jornada oficial, pero siempre pasábamos juntos las noches de los viernes. Me pregunto cómo le explicaría eso a ella –murmuró.

–¿Las noches de los viernes? –se hizo un breve silencio antes de que le preguntara–: ¿Era como si tuvieras un día fijo para él, entonces?

–Teníamos un pacto.

–¿Él entendía que lo programaras en tu vida laboral como una especie de sesión de belleza?

De hecho, era Wayne quien lo había programado y ella había estado tan loca por él, tan desesperada por estar con él, que habría aceptado lo que le hubiera pedido.

–También él tenía una agenda ocupada. Pero la noche de los viernes era nuestra. Y él me estuvo engañando en todo momento –se preguntó por qué diablos le contaba todo eso a Jake. Se volvió hacia él con una media sonrisa que sacó de alguna parte–. Estoy bien. Lo superé hace semanas.

–Así se hace –sonrió con simpatía y le palmeó la mano–. El truco es no tomarse estas cosas demasiado seriamente.

¿Estas cosas? ¿Estar enamorada era una de estas cosas?

–Y tú eres el experto en ese truco específico, ¿verdad? –Wayne y ella tenían un acuerdo. Él la había traicionado y eso era serio.

–En contra de lo que tú piensas –espetó–, yo no engaño a mis parejas.

–Porque no estás con una mujer el tiempo suficiente –como si ella conociera su forma de actuar en esos tiempos... Alzó la vista y se encontró con unos ojos intensos y oscuros–. Lo siento –se encogió de hombros–. Es que estás aquí, eres hombre y en este momento quiero golpear algo. O a alguien –volvió a mirar hacia la calle–. No es nada personal.

Él se metió las manos en los bolsillos.

–Emma, ayer…

–Tú vives a tu manera y yo a la mía. Ya no somos adolescentes.

Pero se preguntó si estaba viviendo la vida a su manera o la vivía para otra gente.

Después de la muerte de su padre, que los había dejado sin un céntimo, había pasado años en trabajos ínfimos después del instituto para no tener que vender la casa de su abuela materna, y luego se había mantenido durante toda la carrera. Poco después de la muerte de su padre, a su madre le habían diagnosticado depresión clínica y Stella había adoptado el papel de foco principal, y en Emma había recaído la última responsabilidad económica.

Y entonces descubría que el hombre al que había amado llevaba engañándola solo Dios sabía cuánto tiempo y en opinión de Jake se debía a que estaba demasiado centrada en su trabajo.

–Como mínimo, espero sinceridad en una relación.

–¿Llamas relación a un revolcón habitual los viernes? –inquirió.

Lo miró a los ojos con expresión desafiante.

–Nos satisfacía.

–Te satisfacía a ti.

Se mordió el labio inferior para contenerse.

–Pensé que lo que teníamos era también lo que él quería.

–Sí, estoy seguro de que así era.

El comentario sarcástico la crispó más. Pero era mejor que la considerara una idiota que saber la bochornosa verdad… que era una idiota crédula e ingenua.

–A veces me harta hacer lo que quieren los demás. Lo que espera otra gente… –calló al ver a Wayne y a Rani en el exterior de un restaurante italiano que había en la calle de abajo. Mientras ella estudiaba el menú en la ventana, él alzó la vista y se encontró con sus ojos.

Una indignación renovada desterró las demás emociones como una ola negra. Se negó a retroceder, a ser ella quien rompiera el contacto visual. ¿Cómo se atrevía? Su amor semanal había sido una mentira llena de engaños.

Convirtiéndola en una tonta.

En un acto impropio en ella, hizo un gesto grosero con la mano… y le gustó. En especial cuando Wayne fue quien apartó la vista primero. Giró hacia Jake y se sintió extrañamente reconfortada en su presencia.

–Y a veces solo quiero vivir mi propia vida y al demonio con todo y con todos.

–Pues empieza ahora, Em –comentó con voz suave pero firme–. Cambia tu vida. Haz lo que deseas para variar.

Se preguntó qué quería. Y lo único que vio fue a Jake.

La abandonó todo pensamiento racional y clavó la vista en su boca.

Lo que quiero...

Antes de poder advertirse de que era una idea realmente mala, se adelantó, le tomó la cara entre las manos y plantó los labios en los suyos.

El corazón le dio un vuelco y una vocecilla en la cabeza le susurró: «Esto es lo que he estado esperando». Sintió electricidad hasta la punta de los dedos de los pies antes de que la furia y la frustración se convirtieran en calor y deseo. Se echó en brazos del momento.

Desprevenido, Jake hizo equilibrio sobre los talones antes de estabilizarse mientras las manos encontraban el ancla de las caderas de Emma al tiempo que le devolvía el beso.

Emma. Su sabor... nuevo e inolvidablemente dulce.

Era un tornado creciente de emoción y necesidades y giraba en torno a la periferia de sus propios y oscuros deseos. No pensó en las posibles complicaciones, la pegó a él con las manos en la espalda y se dedicó a saborear más de las sensaciones exquisitas que lo golpeaban.

–Oh... –jadeó Emma mientras con manos firmes se apartaba de él con los ojos muy abiertos–. Yo no... Eso fue...

–Agradable –concluyó por ella. Su cuerpo devastado por las hormonas protestó por ese tosco eufemismo a pesar de saber que probablemente ella lo utilizaba para vengarse del imbécil que aún observaba desde el otro lado de la calle.

El torbellino bajó en intensidad, dejando solo un

susurro tentador mientras lo miraba. Se humedeció los labios y dijo:

–No sé por qué hice… eso.

–Estabas alterada. Y yo estaba aquí –no pudo evitar sonreír al ver cómo sus ojos reflejaban su conflicto–. He de confesarte que es infinitamente más apetecible que el puñetazo que amenazaste con soltarme antes.

–He de… comprobar si mamá está lista para ir a casa.

–Emma –alzó una mano y la bajó cuando ella se apartó aún más–. No te tortures. Solo fue un beso. Y estoy seguro de que Wayne recibió el mensaje.

Ella se encogió como si le hubiera asestado un golpe.

–Él no era el… Yo estaba… Olvídalo.

Y a la luz que se filtraba desde el restaurante pudo vislumbrar manchas gemelas de rubor antes de que se diera la vuelta y se dirigiera hacia la puerta.

Jake metió las manos en los bolsillos y se apoyó en la barandilla. «Como me beses así, cariño, no voy a olvidarlo».

Durante un momento ardiente y cargado ella había reaccionado sin pensar, y Jake había disfrutado de cada segundo.

Igual que Emma.

Y tampoco iba a dejar que lo olvidara.

–Emma… –Stella dejó flotar las palabras mirando por encima del hombro de su amiga.

Esta se ruborizó.

–Mmm… lo siento –se preguntó si era posible formar más de una frase por vez. Agitó una mano–. Necesitaba un poco de aire.

–Empezábamos a preguntarnos si os habíais escabullido sin…

–Jake y yo solo nos poníamos al día de nuestras respectivas vidas –recogió el bolso–. Mamá, ¿estás lista para marcharte? Tengo que completar un trabajo antes de acostarme –no aguardó la respuesta y se despidió de todos los que compartían su mesa.

–¿Me puedes llevar? –Stella recogió su propio bolso–. Ryan va a llevar a sus padres a casa y yo quiero acostarme pronto.

–Claro –se mantuvo alejada de Jake y murmuró una rápida despedida sin mirarlo, luego fue hacia las escaleras.

–¿Estás bien, Em? –iba sentada al lado de ella mientras conducía a casa–. Vas muy callada.

–Wayne se presentó en el restaurante –respondió con voz tensa–. Con su novia.

–Oh, Em. Lo siento. Os separasteis… ¿Hace cuánto… solo un mes?

–¿Qué esperabas? –intervino su madre desde el asiento de atrás–. Si te mezclaras con las personas adecuadas, como tu hermana, en vez de esconderte en ese estudio noche tras noche, te…

–No me escondo –Stella había cuidado a su madre y luego se había enamorado de un hombre rico; a los ojos de Bernice Byrne, la hija menor no podía hacer nada mal–. Disfruto con lo que hago, mamá.

–Como disfrutabas limpiando los aseos de otros y colocando latas en las estanterías de los supermercados en el instituto, lo recuerdo. Una excusa más para no conocer a gente.

Emma apretó los labios. ¿Dónde estarían si no lo hubiera hecho? En una habitación alquilada en una zona pobre de la ciudad. No en la casa de la abuela, eso por seguro.

–Mamá, eso no es justo –soltó Stella con severidad.

–No lo es, Stella. Aunque no siempre la vida lo es… ¿verdad, mamá? –Emma la miró por el espejo retrovisor–. Y a veces nos hace daño y nos impulsa a decir cosas que no deberíamos. Así que te perdono. Tú no lamentas lo de Wayne, Stella, y yo tampoco.

–No, prefieres besarte con ese don nadie de Jake Carmody detrás de las palmeras como si fueras una buscona –musitó su madre.

Emma sintió una sacudida y el cuerpo le ardió por el recuerdo. Y era evidente que de todos los que podían haberlo hecho, era su madre quién había visto toda la catástrofe.

–Jake dista mucho de ser un don nadie, mamá… tiene un bufete con una gran reputación.

Descartando el club nocturno, conocía lo bastante bien a Jake como para saber que había trabajado duramente todos esos años.

Mientras que Ryan procedía de una familia con dinero desde siempre.

–¿Jake te besó? –preguntó despacio Stella, girando en el asiento para mirarla–. ¿Un beso de verdad?

–No exactamente –volvió a mirar a su madre por el retrovisor–. Mamá lo captó bien. Más bien… yo lo besé a él –al revivir el momento sintió que la recorría una oleada parecida a la euforia–. ¿Qué pasa?

–Oh, eso es tan… mmm… ¿Jake y tú? ¿No sería estupendo si…?

–No Jake y yo. Ya sabes cómo es. Todas las mujeres de Sídney lo conocen. No significó nada.

–Pero…

–Sin peros.

–De acuerdo. Pero… La boda os dará tiempo para que os pongáis al día el uno con el otro. Cuando éramos más jóvenes, a ti te gustaba, lo recuerdo.

–Sí… en una galaxia muy, muy lejana.

–No tan lejana, Em.

Al acostarse aquella noche, le fue imposible quitárselo de la cabeza. Había anhelado volver a verlo, aunque solo fuera para asegurarse de que de verdad lo había olvidado.

Pero no quería ponerse al día con el propietario de un tugurio de *striptease* que usaba a las mujeres para su propio provecho… tanto para satisfacción personal como para engordar su cuenta corriente.

Pero ese momento… con los labios de él sobre los suyos, las manos pegándola al calor de ese cuerpo duro y musculoso…

Capítulo Cuatro

Conteniendo un bostezo, Emma miró su reloj de pulsera y se preguntó si la despedida de soltera se acabaría alguna vez. Eran las doce y media. Hacía una media hora el *stripper* había hecho su número y se había marchado seguido de risas femeninas y de un par de proposiciones indecentes. En ese momento las chicas estaban sentadas alrededor de la mesa bebiendo lo que quedaba de la botella de vodka.

Emma había estado toda la velada con una copa de vino. Necesitaba mantener la cabeza despejada, ya que aún debía completar media docena de pedidos cuando las otras se fueran.

Observó a las chicas de párpados caídos y diversas fases de embriaguez mientras Joni se servía lo último que quedaba del vodka.

–¿Ninguna trabaja mañana? –les preguntó.

–Es viernes –repuso Joni–. Además, los viernes no se hace nada.

–Bueno, no quiero ser una aguafiestas, pero me quedan por acabar unos cuantos pedidos esta noche.

Karina la señaló con un dedo tembloroso.

–Tienes que vivir, Emma –se acabó la copa, la dejó en la mesa y farfulló–: En serio. Tus hormonas deben estar marchitándose con tanto abandono.

¿Cuándo fue la última vez que te acostaste con alguien?

–Kar, déjalo estar –Stella miró a su hermana con preocupación –. Rompió con su novio hace unas pocas semanas.

Karina estudió a Emma con ojos vidriosos.

–¿Tenías un novio?

–No era un novio típico… –bebió un sorbo de su copa–. Resultaba conveniente. Más bien era un compañero de cama –pero aunque Wayne hubiera visto su relación de esa manera, en el código de Emma los compañeros de cama no engañaban. Cuando las risitas terminaron, alzó la copa en dirección a Karina–. Tú estarás familiarizada con el concepto de compañeros de cama.

–Completamente –Karina sonrió y luego alzó una mano–. Muy bien, ya basta de confesiones verdaderas. Tenemos hambre, ¿no es así, chicas? Y como tú eres la única sobria, Emma Dilema, ¿qué te parece si te portas como una buena dama de honor y nos vas a traer una hamburguesa de ese local que hay calle abajo?

–Y patatas fritas –agregó Joni–. Con lonchas de beicon.

–De acuerdo. Siempre que os llevéis vuestros pedidos y os los comáis en alguna otra parte. Me queda trabajo por completar.

–Eres una buena camarada, Em –Karina se puso de pie, pasó un brazo alrededor del cuello de Emma y le dio una palmada en el trasero antes de esbozar una amplia sonrisa–. Y ahora, a comprar.

***

–Te dije que seguirían despiertas –comentó Ryan cuando la limusina se detuvo ante la entrada de vehículos de los Byrne.

Habían dejado al resto de los chicos, pero a Ry se le había metido en la cabeza darle un beso de buenas noches a Stella antes de irse a casa, y Jake… bueno, fue con él. Era su responsabilidad asegurarse de que a Ryan no le pasara nada antes del gran día.

–Vaya… –murmuró Ryan cuando los faros de la limusina trazaron un arco por la entrada, iluminando la inesperada visión de una figura femenina a medias fuera de un coche–. Bonito trasero.

Jake parpadeó ante el destello de ese trasero con mallas que se asomaba por la puerta abierta, luego se tomó su tiempo para admirar los muslos esbeltos y unas pantorrillas bien contorneadas que terminaban en unos zapatos plateados con tacón de aguja. Sintió un destello de interés recorrer sus venas.

–Cuidado –murmuró con una sonrisa–. Prácticamente ya eres un hombre casado.

–Eso no significa que esté muerto.

Pero la atención de Jake se había centrado en lo que parecía una pegatina fosforescente con forma de mano en el trasero de la chica.

–¿Qué es eso? –entrecerró los ojos. Las palabras «dame una palmadita» brillaban en dorado–. No me importaría hacerlo –musitó sin dejar de sonreír. La sonrisa se desvaneció–. ¿No es el coche de Emma?

La vieron bajar de las profundidades del vehículo. Con una lata de refresco en la mano, se irguió y se quedó paralizada ante los faros como una gacela aturdida.

Incrédulo, Jake sintió que el cuerpo se le ponía tenso al asimilar la vista. Encima de las mallas llevaba un top blanco sin mangas con un escote pronunciado, resaltando suficientes curvas como para dar forma a una pista de carreras.

–Deja de mirarla, amigo –carraspeó con garganta súbitamente reseca–. Está a punto de convertirse en tu cuñada.

Pero Jake no estaba obligado por semejantes restricciones. Con los ojos dándose un festín que le hacían agua la boca, bajó del coche y apoyó un codo en la puerta abierta. Le llegó el olor de hamburguesas.

–Emma. Vaya.

Se dio una patada mental en el trasero. «Bien dicho. Como un auténtico adolescente». ¿Dónde diablos había dejado sus modales sofisticados y urbanitas?

Ella pareció salir de su aturdimiento al mirarlo.

–Se supone que no debes estar aquí –dijo con los labios apretados.

–Cuidado... –advirtió. Demasiado tarde avanzó al ver que un tacón muy alto se doblaba y el tobillo se colapsaba. La oyó maldecir antes de caer en ese portentoso trasero justo delante de él.

Ryan rescató el bote que había aterrizado junto a Emma y farfulló: «Iré por Stella» antes de escapar mientras Jake se ponía en cuclillas junto a ella.

–¿Emma? –la tomó por los codos–. ¿Estás bien?

Esta gimió, pero no tanto por el dolor que le subía por la pantorrilla como por la espectacular pérdida de gracia delante de ese hombre. Sintió las manos de Jake en ella, su aliento cálido en el rostro y cerró los ojos.

–Simplemente, deja que me muera ahora.

Oyó la risita acaramelada de él. Antes de poder detenerlo, le había quitado los dos zapatos. Unos dedos delicados le tantearon el tobillo y una voz que proyectaba una leve preocupación y un atisbo de diversión dijo:

–Así que esto es lo que hacéis las chicas en las despedidas de soltera. Ry y yo sentíamos curiosidad.

Trató de alejarse a rastras de él sobre el áspero cemento pero oyó un sonido extraño, como velcro al separarse y se detuvo de golpe.

–Estoy bien –dijo con dientes apretados–. Ahora, vete.

Él se situó detrás de ella, deslizó las manos debajo de sus brazos y la irguió de tal modo que el cuerpo le quedó en íntimo contacto con su espalda. Ese cuerpo grande, ardiente y masculino. Y su espalda prácticamente desnuda. Y nada más que una fina tela rota entre su trasero y la… pelvis de Jake.

–Te he dicho que estoy bien –intentó separarse del contacto íntimo, pero él no cedió ni un ápice.

–Prueba tu peso con ese tobillo –ordenó él.

El tobillo le dio un pellizco al apoyarlo, pero contuvo una mueca y dijo:

–¿Lo ves? Está bien.

–Sí, puedo verlo.

Ryan y las chicas salieron del estudio justo en el instante en que Jake la alzaba en vilo. En una reacción automática, ella se agarró a sus hombros y durante un instante de locura se regocijó en la fortaleza y el calor que la rodeaban.

Estar acurrucada contra el pecho de Jake y que la llevara al interior era como subir a las nubes. Alzó la vista y vio… esos labios.

Una tensión instantánea le atenazó las entrañas y no quiso soltarla.

–Todo va a ir bien, Stella, no te preocupes –le dijo a su hermana mientras Jake la depositaba en el cedido sofá. Pero en ese momento le preocupaba más el sonido de rotura que había oído antes–. Pásame ese *sarong* que hay en la silla, ¿quieres?

–¿Tienes frío? –preguntó su hermana con voz ansiosa–. ¿Quieres una manta o algo así?

–No… y deja de rondar por aquí.

Stella recogió el *sarong* de la silla.

–No estoy rondando.

–Sí –aceptó la prenda que le dio–. Gracias.

–Mmm… Antes de irme, debería decirte que Karina… mmm… . –intercambió una mirada con Jake, quien movió la cabeza.

Emma miró a uno y a otro.

–¿Qué?

–No importa –dijo Stella.

Agachándose delante de Emma, Jake le examinó el tobillo y comenzó a dar órdenes.

–Deshazte de las chicas, Stella. Y luego quizá te

guste darle un beso a tu novio antes de mandarlo a casa.

Al oír esa seria voz masculina, las chicas se fueron marchando sin poder contener risitas.

El pánico se asentó en la garganta de Emma.

–No, quédate, Stell. Que se vaya Jake –lo miró furiosa, cubriéndose con el *sarong* hasta las axilas–. Apuesto que tiene un millón de cosas que hacer.

–Un poco de hielo vendría bien, Stella, antes de que te vayas.

Segundos más tarde, Stella regresó con un par de bolsas de guisantes congelados y se las pasó a Jake.

–Me siento responsable…

–No –cortó Emma con los labios apretados–. Si ellos no se hubieran presentado, todo habría ido bien.

–Por lo que yo te cuidaré el tobillo –colocando la bolsa improvisada alrededor del tobillo de Emma, Jake agitó una mano en dirección a la hermana–. Tienes que ocuparte de unas invitadas y un novio del que despedirte. ¿Has llamado un taxi para las chicas, ¿verdad? –Stella asintió–. Muy bien, vete a la cama.

–Si estás seguro… –miró a los dos–. Llama a la casa si necesitas algo, Em –dijo Stella preocupada.

Luego desapareció en el exterior con el resto del grupo, dejándola a solas con Jake. De pronto reinó tanta quietud que Emma pudo oír el oleaje en la playa. El sonido de su corazón latiendo a un millón de palpitaciones por segundo. Gimió para sus adentros.

–Pero tú también tienes que irte –le dijo–. La limu…

–Puedo llamarla para que venga. Está contratada y pagada hasta las tres de la mañana –bajó un poco la voz–. A menos que tú quieras que me quede más.

Antes de poder darle una negativa, decirle que ni lo soñara, él se irguió.

–No parece inflamado. ¿Estás segura de que es el único daño?

–Sí –aunque él estuviera acostumbrado a ver traseros desnudos, no tenía la más mínima intención de mostrarle el suyo. Contrajo el trasero que aún le dolía y también los muslos–. Puedo cuidar de mí misma.

–Ahora no estoy interesado en tu bonito *derrière*, Emma –dijo, como si ella hubiera hablado en voz alta.

¿Y qué quería decir con «ahora»?

Se le inflamaron las mejillas y apartó el paquete de guisantes.

–Puedo caminar –juntando los extremos del *sarong*, se levantó, ignorando el destello de dolor en el tobillo y dio tres pasos vacilantes–. ¿Lo ves? Ahora quiero irme a la cama. Agradezco tu preocupación, pero me gustaría que te marcharas.

No le prestó atención.

–Deberías descansar. Debes estar bien para el sábado –volvió a levantarla en vilo, cruzó la habitación y atravesó la cortina de privacidad. La depositó en la cama, volvió a colocarle los guisantes sobre la inflamación del tobillo y la miró a los ojos–. Y recuerda, como padrino, tengo el primer baile contigo.

Había ido a su rescate y le había permitido mantener su dignidad. Y en ese momento sonaba tan sinceramente preocupado que no pudo contener una media sonrisa irónica.

–Dudo que permitas que lo olvide –tuvo que reconocer que era agradable que por una vez en la vida la mimaran, que la cuidaran y no se rieran de su bochorno. Se relajó un poco–. Gracias. Vuelvo a sentirme una niña. Ya solo me hace falta leche caliente y miel.

–¿Leche caliente y miel?

–La panacea de mi madre para todo. Más bien, solía serlo –veinte años atrás.

Sabía que Emma siempre había sido introvertida y que a la divertida Stella nunca le había costado hacer amigos. También sabía cuánto había cambiado Emma con la muerte de su padre.

Se inclinó y aspiró su fragancia femenina.

–No hay miel y leche, pero esto… –le dio un beso inofensivo en la frente– podría ayudar.

La oyó contener el aliento y se retiró. Bajó la vista a su boca y se demoró allí. Era tan tentador inclinarse y… Sintió que se le disparaba la tensión.

«No». Los labios de ella se movieron pero no emitieron ningún sonido.

–¿Por qué no? –musitó Jake–. ¿La otra noche me besaste tú y yo no puedo devolver el favor?

–Eso fue… diferente –dijo casi sin aliento.

–Sí –convino, recordando la tormenta de fuego que los había engullido durante un momento desprevenido–. Lo fue.

–Fue impulsivo, egoísta y te usé.

Irguiéndose, la miró a los ojos.

–A mí no me importó. Y si estamos siendo sinceros, a ti tampoco –vio que el rubor le subía a las mejillas y le palmeó la pierna–. Hazme caso, el surfero no era adecuado para ti.

–¿Y tú cómo lo sabes...? Desde luego, yo no conozco a Jake Carmody. Trabajas en la industria del sexo –elevó la voz con desaprobación–. Eres dueño de ese... de ese lugar. De modo que... es lógico pensar que no te avergüenza utilizar y explotar a mujeres, a menudo mujeres sin otras opciones, para ganar dinero. Y está mal –continuó. ¿Tienes...?

–Yo no compré el club. Lo heredé cuando Earl murió.

–¿Earl? –frunció el ceño–. ¿Quién es Earl?

–Mi padre.

–Oh... –suspiró y apoyó el mentón bajo las manos–. De modo... que el dueño era tu padre.

–No creo que sea la palabra idónea, ya que implica un vínculo familiar que no existía –se negó a dejar que el pesar entrara en su vida. No necesitaba una familia. No necesitaba a nadie–. Y antes de que digas que debería cerrarlo para que haya un tugurio del sexo menos en King's Cross, he de pensar en el personal. He encontrado un comprador potencial con el que estoy negociando. Quiero garantizar un trato justo para todo el mundo.

–Oh. Sí. Por supuesto. Yo... –calló y quizá sus ojos se suavizaron.

Jake apretó la mandíbula ante la sensación de que las reglas de pronto habían cambiado y su vida se estaba desviando de su curso.

–Tu madre… ¿está…?

–Vive en Sudamérica. No mantiene el contacto –después de casi dos décadas, su abandonó aún tenía el poder de atravesarle el corazón.

–¿Tienes hermanos que te ayuden?

–No.

–Debe de ser duro para ti tener que ocuparte de todo.

–Soy un tipo duro –se encogió de hombros. Era un equipaje que había dejado atrás hacía años y no pensaba volver allí. Por nadie.

–Escucha, lo siento si me extralimité, es que tengo convicciones muy firmes acerca de los hombres que utilizan a las mujeres para beneficio propio.

Sabía que estaba pensando en el surfero.

–Asimilado y entendido.

–No obstante, lamento lo de tu padre… Puedo ver que te dolió. Si quie…

–De acuerdo. Dejémoslo ahí.

Ella ya no parecía con tanta prisa por echarlo y no supo si eso era algo bueno o no.

Se pusieron a hablar de las respectivas despedidas de soltero y de los bien que lo habían pasado.

–Nunca había visto a un hombre desnudarse… bueno, de esa manera. Y estaba muy bueno –tenía las mejillas encendidas bajo las manos.

–¿Detecto un doble rasero? –se burló de ella–. ¿Está bien que las chicas miren pero no que lo hagan los chicos?

–¡Ay! –se tapó los labios–. ¿Puedo decir que yo no miré?

–Me temo que no –se inclinó hacia ella–. He de decirte que tú también estabas espléndida anoche con esa ropa tan sexy.

–Fue divertido arreglarme y para variar sentirme atractiva.

–Deberías intentarlo más a menudo.

–¿Intentar qué? –su sonrisa se desvaneció y cruzó los brazos–. ¿Sentirme atractiva? Cielos, muchas gracias.

–Divertirte, Emma. Simplemente, intentar divertirte –apenas era consciente de que sus manos se habían movido hacia los muslos de ella, tan cerca que podía sentir el calor que emanaba de ese cuerpo y apenas logró contenerse en el último instante.

Se apartó con presteza y se puso de pie. Si se quedaba, no se hallaba lo bastante sobrio como para no mostrarle algo sobre divertirse... y si lo hacía no quería pensar en las consecuencias.

–Como no parece que me necesites, iré a ver si puedo alcanzar a Ry después de todo. Aún no he oído marcharse a la limusina –no supo qué demonio lo empujó a añadir–: La noche aún es joven. Bien puedo intentar disfrutarla... –le guiñó un ojo, algo que jamás hacía, dejándola con los ojos como platos al despedirse con un gesto de la mano, girar y marcharse–. Buenas noches.

Capítulo Cinco

Emma charlaba a la noche siguiente con su hermana en la terraza de la maravillosa suite que compartían en el lujoso hotel propiedad de un tío de Ryan, cuando oyó el sonido de un mensaje de texto entrante. Sacó el teléfono de su bolsillo y leyó la pantalla: «¿Cómo es la vista desde donde estás? J».

Frunció el ceño al tiempo que sentía un montón de mariposas en su estómago. Contestó: «Gloriosa».

Dejó el aparato en una mesita, recogió el cóctel Cosmopolitan que estaban bebiendo y pensó en apagar el teléfono. Necesitaba tener la cabeza despejada para el día siguiente e interactuar con Jake de antemano, de cualquier forma, no le haría ningún bien.

Un momento más tarde apareció otro mensaje: «¿Has traído trabajo?».

Bebió otro trago y contempló el teléfono antes de contestar: «Sí».

Al parecer, sus respuestas lacónicas no lo disuadían, ya que recibió el siguiente mensaje un momento después: «Está prohibido. Este fin de semana solo es para diversión».

¿Diversión y Jake...? Sintió un escalofrío bajar por su espalda. Desde luego, era un hombre que sabía cómo divertirse. Le respondió: «¿Es rubia?».

«Tengo en mente a una morena específica. Nos vemos abajo para una copa».

El escalofrío se extendió a sus extremidades.

«Paso la velada con mi hermana. ¿La recuerdas? La novia que se casa mañana».

Apagó el aparato y volvió a guardárselo en el bolsillo.

–¿A quién escribías?

–A Jake –miró a Stella con expresión acusadora.

–¿Sucede algo?

–Me pidió que quedáramos para tomar una copa –apartó la vista ante los ojos que su hermana clavó en ella y la dirigió hacia el valle lejano.

–¿Hay algo que no me estés contando? –preguntó Stella.

–No.

–A Jake le gustan las mujeres, pero es un buen chico. En este momento no busca un compromiso y, como tan claramente has señalado, tú tampoco... así que, ¿vas a ir?

–Claro que no –se volvió para enfrentarse al escrutinio directo de su hermana. Stella exhibía una media sonrisa, como si no le creyera–. Esta es nuestra última noche juntas... –aparte de que en algún momento quería hacer algunos pedidos a sus proveedores por correo electrónico.

–Bueno, yo voy a darme un baño eterno en esa bañera parecida a una piscina –Stella se puso de pie, recogió las gafas y fue hacia la puerta–. Si quieres cambiar de idea, no te echaré de menos en una hora o así.

–No –Emma la siguió–. Tengo mi música para hacerme compañía –en ese momento no recordaba ni un solo artículo que necesitara de sus proveedores y la música parecía una opción más tranquilizadora.

El teléfono del hotel sonó cuando Emma cerraba las puertas de cristal de la terraza. Stella se estiró en su cama para alzar el auricular.

–Aquí la novia –anunció con voz radiante. Entonces le sonrió a Emma, se puso boca arriba y escuchó a quienquiera que se hallara del otro lado de la línea–. Mmm. En el vestíbulo. Diez minutos. De acuerdo.

A Emma se le aceleró el pulso. Se sentó en su propia cama.

–No –dijo.

–Pero es Ryan –se llevó el auricular al pecho–. Los chicos pidieron comida china y tiene una galleta de la fortuna para mí… ¿no te parece dulce?

–No es dulce, Stell, es un subterfugio –se echó para atrás y cerró los ojos–. Jake lo ha hecho intervenir en esto y te apuesto tu galleta de la fortuna que quien está abajo es Jake y no Ryan.

–Por favor, Em. Tienes que ir para asegurarte. Yo no puedo verlo antes de la ceremonia. Trae mala suerte.

–Y Ryan debería saberlo también.

–¿Por favor?

–De acuerdo –bufó, sentándose.

–Ha dicho que de acuerdo –le dijo Stella al que llamaba y colgó sonriendo–. Gracias, dama de honor.

Emma sacó una banda elástica de la mesilla de noche y se recogió el pelo en una coleta.

–Solo por ti, y solo porque te casas mañana. Luego iré a correr.

–Tómate tu tiempo.

Jake cortó con sonrisa satisfecha.

–No me necesitas durante un rato, ¿verdad, Ry? Ha dicho que sí.

Ryan estaba tendido en el sofá comprobando el itinerario de su luna de miel en una tableta, pero alzó la vista mientras Jake se ponía una camisa limpia.

–Eres un diablo taimado.

–Añade listo también –se guardó la cartera en los vaqueros– Y tu novia tiene tanta culpa como yo.

–Entonces, también ella es una diablesa taimada.

–Ahora en serio, Ry, ¿por qué el gran compromiso?

Su amigo alzó la vista con expresión concentrada.

–Cuando conozcas a la mujer con la que quieras pasar el resto de tu vida, sabrás por qué.

–Pero, ¿casarte? –la palabra le produjo un escalofrío interno–. ¿Por qué querrías pasar tu vida con una mujer? El hombre no nació para ser monógamo.

–¿Quién lo dice?

–Lo leí en un artículo en alguna parte. En una afamada revista científica, si no recuerdo mal.

–De acuerdo, entonces, este hombre es monógamo –y con un dedo dio dos golpecitos en la pantalla táctil.

–Puede que ahora, pero, ¿cómo sabes que ella es esa mujer única?

–Lo supe cuando vi a mis hijos en sus ojos.

Jake observó al hombre que creía conocer.

–Cielos, amigo... saca los violines.

–Que a ti no te atraiga la idea del matrimonio no significa que a otros no les guste. Creo que todo se resume en que amo a Stella. Para bien o para mal, no quiero imaginar mi vida sin ella.

Jake tampoco quería imaginar una vida sin mujeres. Pero, ¿una mujer para siempre? Bajo ningún concepto.

–Conociéndote, lo único que te digo es que vayas con cuidado. No se trata de cualquier mujer, sino de mi futura cuñada.

–Soy consciente de ello –recogió la chaqueta–. Créeme.

En cuanto la puerta se cerró a su espalda, la sonrisa desapareció de su cara. El problema era que no sabía si él podía confiar en sí mismo. Desde el momento en que Emma Byrne entró en el club nocturno con aquella sexy gabardina roja y los ojos azules llenos de desafío, no había sido capaz de ir más allá del deseo de desnudarla. Y el beso en el restaurante... Chispas tan ardientes requerían al menos cierta exploración.

Decidió ir a pie la corta distancia y disfrutar del vivificante aire otoñal.

Después del día siguiente, nunca más sería igual entre Ry y él. En la habitación con su amigo se había sentido... excluido. Como si Ry estuviera a punto de ingresar en un club para el que él no estuviera cualificado.

Apretó los dientes. No quería ingresar en el club matrimonial.

Su madre también lo había excluido.

«Eres igual que tu padre», había acusado a su hijo de cinco años. Cada vez que se miraba en un espejo recordaba eso. Había abandonado a su infiel marido y joven hijo por una vida nueva y un matrimonio nuevo. Lo había rechazado… a su propia sangre.

Y aunque era la viva imagen de su padre, ¿había heredado los genes de Earl? Había aprendido mucho sobre las mujeres en sus años formativos. Después de todo, ¿cuántos chicos llegaban a crecer en la parte de atrás de un club de *striptease*? Con el olor de perfume barato y sexo en los camerinos pequeños.

Y de adolescente había aprendido a aislar esos olores y sonidos mientras trataba de terminar los deberes, porque había sabido que para escapar de ese lugar, tomar el control de su vida y convertirse en un hombre mejor que su padre, necesitaba estudiar.

Sabía cómo pasárselo bien. Y eso requería ausencia de ataduras y de estrés. Nada de emoción. Se preguntó si sería parecido a su padre en algo más que el aspecto físico.

Incrementó el paso. Earl había usado a las mujeres, mientras que él había respetado a sus compañeras. Y, a diferencia de su padre, siempre las elegía seguras, inteligentes, preparadas y atractivas. Y desde el principio les dejaba claro que no buscaba nada a largo plazo y ellas no esperaban más que lo que estaba dispuesto a dar.

Al menos era sincero.

***

Emma esperaba encontrar a Jake, no a Ryan, en el vestíbulo, por lo que prefirió bajar por las escaleras en vez de tomar el ascensor. Pero verlo al pie de la amplia escalinata de la planta baja, con una mano bronceada apoyada en la bola de la barandilla, el cabello oscuro lustroso bajo la magnífica araña negra y la chaqueta al hombro como una especie de Rhett Butler moderno enfundado en vaqueros...

De no haber bajado con la mano sobre la lustrosa barandilla de madera, sus piernas podrían haber cedido. Ni siquiera estaba segura de no haber llegado a suspirar como Escarlata.

Respiró hondo y se dijo que debía mantenerse ecuánime. Ecuánime, distante y molesta. Él creía que la había engañado para bajar, y no era así. Frunció el ceño. Después de todo, había bajado.

Pero porque Stella se lo había pedido.

–Supongo que la galleta de la fortuna fue un ardid.

–Supones mal –sonrió y la condujo por el codo a través del vestíbulo hasta llegar a una pequeña mesa con dos coquetos sillones de piel–. Siéntate.

Agradecida, lo hizo.

Él sacó dos trozos de papel del bolsillo del vaquero, miró ambos y luego depositó uno en su regazo.

–Esto no es una galleta de la fortuna.

–He de reconocer que Ry y yo nos las comimos. Pero os guardamos los mensajes.

Emma desplegó el pequeño cuadrado.

–«Una caricia es mejor que una carrera». ¿De dónde has sacado esta pieza de sabiduría? ¿Y quién lo dice? Todo depende de quién haga las caricias.

Pero sus pensamientos traicioneros pudieron imaginar las manos hábiles y cálidas de Jake vagando por su piel desnuda... Por el amor del cielo.

Se obligó a alzar la cabeza y a mirarlo con serena indiferencia.

–Esto no ha salido de una galleta de la fortuna. Los habéis hecho vosotros.

–¿Por qué iba a hacer algo así? –extendió las manos en gesto de inocencia.

–¿Para lograr que bajara, quizá?

Su sonrisa fue como el sol en un día frío.

–Tienes que reconocer que ha sido inventivo.

–Engañoso, diría yo –desesperada por alejarse de esas manos eficientes sobre su cuerpo encendido, sacó los auriculares del bolsillo del chándal–. Muy bien, una vez aclarado eso, me voy a correr.

–No tan rápido –alargó la mano y le sujetó el antebrazo con ligereza–. Cuando vuelvas vas a aducir que tienes pedidos de jabones o que preparar alguna factura o una farsa por el estilo, ¿verdad? Para evitarme. Tú lo sabes y yo lo sé –adelantó el torso y la atravesó con la mirada–. Reconócelo. Te importo –sonrió.

Se pasó una mano por el cabello.

–Para. Me estás confundiendo. Esta es la última noche que veré a mi hermana antes de que se case. Yo... voy a pasar la noche con ella...

–Por supuesto. Y podrás hacerlo. Dentro de un rato –con el dedo pulgar le acarició el interior de la muñeca–. A ella no le importará –continuó con su tono seductor–. De hecho, apuesto que ahora está disfrutando de su baño de espuma.

–Eras tú quien estaba al teléfono.

–Culpable –no había ningún arrepentimiento en su sonrisa–. A propósito, te ha confiscado el ordenador portátil.

–¿Qué?

–Tu hermana coincide conmigo en que necesitas tiempo libre fuera del trabajo.

Lo miró boquiabierta por la incredulidad.

–¿Los dos habéis estado hablando de mis necesidades?

–No de todas. Pero ya llegaremos a eso. Stella quiere que disfrutes de su boda, no que te distraigas con pedidos y horarios. La tienes preocupada. Y, con franqueza…

–¿A qué te refieres con «ya llegaremos a eso»? ¿Llegar a qué? –alzó la voz y un par de cabezas giraron en su dirección.

–Este no es el lugar –murmuró él. La alzó antes de que pudiera emitir cualquier sonido de protesta.

Estaba tan cerca que Emma podía sentir el calor que emanaba de su cuerpo y oler la piel masculina recién duchada.

–¿El lugar? –repitió ella–. ¿El lugar para qué?

Entrelazó los dedos con los de Emma.

–¿Por qué no damos un paseo y lo averiguamos?

Capítulo Seis

Tardó un momento en darse cuenta de que en una mano aún sostenía los auriculares y que su otra mano la sostenía la mano más grande y cálida con la que jamás había entrado en contacto.

–Iba a correr –logró manifestar, soltándose. Y si era sensata, seguiría corriendo hasta llegar a Sídney.

–Te acompaño.

Observó su chaqueta de piel y sus zapatos sport, saltándose adrede las partes más interesantes que había entre medias.

–No vas vestido para eso.

–Intentaré mantener tu ritmo –le recorrió lentamente el cuerpo hasta llegar a las zapatillas–. ¿Y tu tobillo?

–Está bien –lo siguiente sería ofrecerse a llevarla en brazos, de modo que aceptó la derrota–. De acuerdo, caminaremos –se guardó los auriculares en el bolsillo y lo acompañó a la calle.

–Al venir hacia aquí vi una cafetería coqueta –sugirió él.

–No he venido a las montañas para encerrarme en un local. Quiero ver las Tres Hermanas de noche y probar algo del aire de la montaña. Vamos, es una caminata de diez minutos hasta Echo Point.

Él volvió a tomarle la mano.

–¿Qué estamos esperando?

Siguieron el muro del hotel que contenía el hermoso jardín donde al día siguiente tendría lugar la ceremonia, hasta que dio paso a la zona de arbustos separados de la carretera por una valla. Ninguno habló, pero entre ellos se estableció una sensación de camaradería en la apreciación mutua del entorno.

En cuando apareció a la vista la famosa formación rocosa llamada Tres Hermanas, Emma se detuvo sobrecogida y se mantuvo apartada del mirador donde algunos turistas se habían congregado, renuente a compartir el momento con desconocidos.

Iluminadas, las Tres Hermanas resplandecían de un dorado vivo contra el aterciopelado fondo negro. El cielo interminable refulgía con estrellas.

Suspiró, absorta con la visión.

–¿No te alegra que no hayamos ido a tomar un café?

–El primer vistazo siempre impacta, de eso no cabe duda.

La voz retumbó por todo su cuerpo y se dio cuenta de que lo tenía detrás de ella, con el mentón apoyado sobre su cabeza.

–¿Sabías que la historia cuenta que había tres hermanos que se enamoraron de tres hermanas de otra tribu y que se les prohibió casarse?

Ella cruzó los brazos y apoyarse contra el calor de Jake fue un movimiento natural. En respuesta, unos brazos sólidos le rodearon la cintura.

–Continúa. Seguro que la historia no se acaba ahí.

–Tuvo lugar una batalla, y cuando los hombres intentaron capturarlas, un anciano de la tribu las convirtió en piedra con el fin de protegerlas. Y ahí hay –agregó– una lección a tener en cuenta acerca de los peligros del amor y del matrimonio.

Ella giró en el círculo de sus brazos.

–Lo triste es que las hermanas no tuvieron voz ni voto en el asunto.

–Pero tú sí –murmuró antes de inclinar la cabeza.

Un aliento cálido le acarició la piel y el corazón le latió con fuerza. Iba a besarla…

Alzó la vista. Su cara estaba tan cerca que podía sentir el calor de su piel. Tenía las pestañas más largas y oscuras que había visto en un hombre. Y sus ojos… ¿Había visto alguna vez ojos semejantes? Tan insondables como el abismo que habían ido a ver.

Entonces la luna salió de detrás de una nube y bañó sus facciones perfectas en plata, como si los dioses lo hubieran cincelado de esa manera.

–Puedes decirme que no –aflojó levemente los brazos que le ceñían la cintura–. Aquí mismo, delante de las Hermanas, puedes ejercer tu libre albedrío como mujer moderna. Apártame si quieres. O puedes aceptar lo que has rodeado de puntillas en los últimos días y besarme.

–¿De puntillas? –susurró–. Yo no…

–Ya es hora de que pare.

–¿Besarte…? –las palabras flotaron en el aire al mirarlo a los ojos. Oscuros, profundos y directos.

La mirada de él se posó en su boca. Unos dedos fuertes se cerraron en torno a sus brazos..

–Y esta vez te advierto de que no te dejaré ir hasta que esté satisfecho y listo.

El modo en que lo expuso, todo él arrogancia y actitud masculinas, le provocó un escalofrío de excitación. Emma oyó que un susurro salía de su garganta un instante antes de que esos labios tocaran los suyos.

Luego estuvo perdida. En su sabor: intenso y aterciopelado, como el chocolate más fino del mundo. En el calor de su cuerpo al acomodarla más cerca de él.

Con el pulso disparado, oyó su murmullo de aprobación mientras se derretía contra él como mantequilla en una parrilla de barbacoa. Le rodeó la cintura con los brazos.

Jake sintió que su resistencia se suavizaba, que sus labios lujuriosos se volvían dóciles y se lanzó. Un placer oscuro. Gemidos y murmullos. Las lenguas unidas, terciopelo sobre satén, y su sabor tan dulce como el algodón de azúcar.

Pegándola más contra él, bajó los dedos por su espalda hasta posar las manos sobre el trasero y acercarla más aún hasta sentir directamente su calor.

Para que ella pudiera notar la presión de la erección en rápido crecimiento.

Notó el cambio al instante... sutil pero claro. Una tensión en los músculos. Un cambio en la postura. No se apartó y siguió besándolo, pero...

Quebrando el beso con mucha renuencia, echó la cabeza atrás para mirarla. Le acarició el ceño que se le había formado entre las cejas.

–Piensas demasiado.

–Uno de nosotros debería hacerlo.

–De acuerdo. Cuéntame.

Ella dio un paso atrás.

–Esto… que hay entre nosotros, se está complicando demasiado.

–A mí me parece bastante directo. Así que te propongo un trato –continuó antes de que ella pudiera intervenir–. Este fin de semana ninguno de los dos habla de trabajo –apoyó la frente en la de Emma–. No pensamos en el trabajo. Disfrutamos de la boda y de la compañía del otro… y lo que suceda, que suceda. Sin complicaciones. Un fin de semana, Emma.

–Un fin de semana –sus ojos se nublaron con emociones encontradas–. ¿Y luego qué?

–Elimina de tu mente la semana que viene. Está demasiado lejos –el lunes cada uno seguiría su propio camino. De vuelta a la vida real y a trabajar un montón de horas. Emma y las Montañas Azules no serían más que un recuerdo cálido y bonito–. A cambio, piensa en esto –bajó las manos por sus brazos–. Ninguno de los dos quiere ataduras y los dos nos matamos a trabajar. Nos merecemos un recreo.

–¿Un recreo? –lo miró fijamente–. Ni lo sueñes. No contigo.

–¿Por qué no? ¿Te da miedo llegar a disfrutarlo?

–Simplemente, no quiero jugar contigo. Eso es todo –dio media vuelta y comenzó a caminar.

–Mentirosa –la sujetó por el brazo y se plantó ante ella–. Dime que nos has disfrutado del beso que acabamos de darnos.

–No disfruté del beso.

Él rio.

–Tú lo iniciaste. Aquella noche en el restaurante. Me volviste loco con tu entusiasmo e hiciste que pensara en ti. Y en mí. Desde entonces, no he parado de pensar en los dos... juntos.

–Ya te lo dije, ese beso fue una reacción exagerada a una circunstancia en particular –dijo con tono remilgado–. ¿Y qué somos... niños? Tú lo empezaste.

Puso los ojos en blanco, pero él creyó captar un destello de humor.

Estaba tan arrebatadora que no pudo resistirse y plantó un beso sonoro en esos labios fruncidos y luego sonrió.

–Será mejor que te lleve al hotel o Stella pensará que te he secuestrado –se dijo que el fin de semana no había hecho más que comenzar y que había tiempo de sobra para lograr que cambiara de parecer–. Tu hermana mencionó que nadas todas las mañanas, llueva o truene. ¿Es cierto?

–Sí.

–Entonces... si yo cambiara mi *jogging* de la mañana...

–Un fin de semana –se detuvo de repente y lo miró–. ¿Y lo que suceda, sucede?

–Tomaremos las cosas según vengan. Será bueno, te lo prometo.

No le cabía ninguna duda de que sería bueno.

–Apuesto que le dices eso a todas las chicas –no podía creerse que estuviera manteniendo esa conversación con Jake Carmody.

Reanudó la marcha. Lo que él sugería equivalía únicamente a un fin de semana de sexo y pecado. Sintió una descarga de calor por la espalda. Un fin de semana en la Isla del Placer. ¿Por qué no? Al fin y al cabo, no era un compromiso de por vida.

Después de años de trabajo y más trabajo, sin ningún momento para disfrutar, ya era hora de tomarse un fin de semana de libertad e irresponsabilidad. Y ese fin de semana en particular, con Stella yéndose de casa y la rata de su ex un punto menguante en el horizonte, ¿no era quizá un buen momento para empezar?

Llegaron al hotel y ella titubeó en los escalones bajos de la entrada. Sentía las mejillas ardientes y sensibles, como si una pluma pudiera arrancarle la piel.

Se volvió para despedirse y en los ojos de él aún bullía la pasión del beso. Necesitó toda su fuerza de voluntad para no arrojarse a sus brazos y volver a besarlo.

Retrocedió adrede, consciente de que no le había dado una respuesta y también de que ambos ya sabían cuál sería dicha respuesta.

Un portero uniformado le abrió la puerta de cristal con una sonrisa de bienvenida.

–Buenas noches, señora.

–Buenas noches –le devolvió la sonrisa. Desde la seguridad de la distancia, giró otra vez hacia Jake–. Hasta mañana, entonces.

–Que duermas bien.

Su sonrisa era puro pecado.

Al entrar en la habitación, Stella estaba enfundada en un albornoz blanco y acurrucada en el sofá ante el televisor.

–Traidora –sacó la nota de la galleta de la fortuna y la soltó en el regazo de su hermana–. Para ti –las piernas aún le temblaban, se sentó al lado de Stella.

–«Dos corazones, un alma». Mmm, me pone como un flan por dentro –con una amplia sonrisa, acomodó las piernas debajo de su cuerpo–. ¿Qué pone el tuyo?

–Olvídalo –todavía le hormigueaba el cuerpo.

–Vamos… dámelo –Stella alargó una mano.

–Oh, por el amor del cielo –metió la mano en el bolsillo y clavó la vista en la pantalla del televisor, aunque sin ver nada–. No es tan romántico como el tuyo. Y eso es perfecto, porque yo no soy una romántica como tú.

–«Una caricia es mejor que una carrera». Claro que es romántico, boba. Te dice que saques tiempo para disfrutar… Para… Em.

–A propósito, ¿dónde está mi ordenador? Jake dijo… olvídalo –ante el escrutinio de Stella, se levantó del sofá sin aguardar una respuesta–. Voy a darme un baño.

–Oh. Santo cielo.

–¿Qué? –iba a quitarse el chándal pero se detuvo ante el tono de su hermana–. ¿Qué sucede?

–Debería preguntar qué le ha hecho Jake a mi hermana.

–Nada. No le digas ni una palabra a Jake o te…

–¡Nada! –se adelantó como si le quisiera contar las pestañas–. Mi hermana mayor con el contorno de la boca rojo por la fricción de la barba de un día. Y con estrellas en los ojos.

–No seas ridícula –retrocedió, se quitó la camiseta y la tiró sobre la cama–. ¿Sabes el frío que hace fuera? El aire… Un baño caliente…

–Emma Dilema –Stella sonrió–. Te acabas de dar el lote con el padrino Jake.

–No. Es un tópico eso de que la dama de honor tiene una aventura con el padrino. Lo besé, eso es todo. No. Él me besó. Nos besamos. Él empezó. No tiene mayor importancia, ¿de acuerdo?

Stella movió la cabeza.

–Mi hermana jamás se agita cuando habla de un chico. Nunca.

Emma se puso a buscar en su maleta.

–No es un chico, es Jake. Y no estoy agitada. No es nada.

–Es algo.

Sacó su pijama con un bufido y se volvió hacia Stella, que la observaba con el mentón apoyado en el respaldo del sofá.

–De acuerdo, es algo. Pero es algo de un fin de semana. O no. Aún no lo he decidido.

–¿Sabes que mañana por la noche tendrás esta habitación toda para ti…?

–Ni una palabra más –alzó una mano–. Como menciones una sola sílaba de esta conversación a otra persona sabotearé tu noche nupcial –sin esperar. Huyó al cuarto de baño.

Capítulo Siete

El día de la boda amaneció brillante y despejado. Y también frío. Enfundada en una bata de felpa, Emma bebía su café de la mañana en la terraza mientras admiraba el valle.

Unos momentos más tarde, apareció Stella, el cabello revuelto y los ojos chispeantes.

–Buenos días –apoyó un hombro contra el de Emma–. Es perfecto. ¿No te parece? Ni una nube en el cielo. Y por la tarde estará templado y soleado. ¿Puedes creer que en unas horas estaré casada?

–Y hay mucho que hacer hasta entonces –miró el reloj–. Subirán el desayuno en diez minutos. La peluquera vendrá en media hora.

El vestido de Stella, ceñido y de escote cuadrado de terciopelo verde botella, estilo Ginebra, llegaba hasta el suelo. Un rectángulo dorado apagado en el corpiño centelleaba con diminutos abalorios de tono esmeralda, réplica del cinturón que rodeaba su cintura. Unas mangas largas se abrían a la altura de las muñecas y caían en pliegues suaves. Una diadema de rosas minúsculas y tenues hojas verdes adornaba su cabello castaño.

En uno de los espejos de cuerpo entero Emma captó un reflejo de su corpiño sin tiras. Era de color carmesí, con lazos negros en la parte frontal y que tenía el aspecto de que algo que Escarlata O'hara hubiera aprobado. Se hizo un lazo prieto entre los pechos con un nudo doble y miró con más atención. Potenciados por la rigidez del corpiño, los pechos se elevaban exuberantes, como una foto sacada de una revista para hombres.

Satisfecha, se volvió hacia su hermana.

–Estás deslumbrante, Stell, Radiante y deslumbrante. Estoy impaciente por verle la cara a Lanzarote cuando aparezcas ante él.

–Y yo –miró a Emma y agitó una mano–. Mmm… ¿piensas ponerte algo encima de eso? Estoy segura de que a los chicos no les va a importar, pero este es mi día y sé que es egoísta, pero quiero toda la atención.

–Ya llego a eso… –con la colaboración de Annie, una de las ayudantes, se puso una falda voluminosa y se ajustó el corpiño–. Te lo dije, Stella. Tú deberías haber sido Escarlata, no yo.

–Y yo te dije que Escarlata es la morena. Aparte de ser seductora y coqueta, y ansiaba que hoy fueras esa mujer. Mientras que Ginebra es pálida, intensa y está total e incondicionalmente enamorada de Lanzarote.

Annie abotonó la espalda del vestido de Emma y luego le entregó unos guantes de encaje y un parasol.

–No te olvides del ramo nupcial –Emma se lo pasó, un sencillo ramillete a juego con la diadema–. Gracias por ayudar a que fuera un día perfecto.

–No es más que el principio.

A una señal de Beth, comenzó a sonar una marcha nupcial.

–Es el momento –le murmuró Beth a Emma–. Y no olvides sonreír.

Había dado unos pocos pasos por el césped impecable y rociado con pétalos cuando delante vio a Jake y a Ryan. Se olvidó de sonreír. El jardín podía parecer salido de un cuento de hadas, pero ya no veía a ningún invitado con su visión periférica.

Rhett Butler jamás había estado más devastador. Traje negro, chaleco gris y corbata oscura con una camisa almidonada de un blanco nevado. Sus ojos se encontraron y él sonrió. Una sonrisa lenta, sexy, que decía ven conmigo.

Sintió las rodillas débiles, pero parecía estar avanzando. Se preguntó qué diablos le pasaba. Ningún hombre la había cautivado jamás de esa manera.

Liberó su mirada adrede y dirigió su sonrisa a Ryan, que se veía imponente con una túnica negra con capucha por encima de unas mallas gris plateado y botas negras hasta las rodillas. En la túnica llevaba bordado el escudo de la familia Clifton... pudo distinguir un león y un casco medieval en el bordado negro y dorado.

Jake se dio un festín mirándola y flexionó los dedos anticipando el momento en que pudiera conocer más íntimamente esas curvas. Se preguntó cuánto tardaría en quitarle ese vestido. Tumbarla sobre la hierba bajo el sol y penetrarla mientras los pájaros cantaban y el viento fresco soplaba desde el valle...

Entonces ella desapareció de su campo de visión para situarse junto a la novia. Pensó que era lo mejor, porque un rato más y a todos les resultaría obvio el curso que seguían sus pensamientos.

Se centró en Ry y en Stella y observó cómo se prometían ciegamente atarse el uno al otro hasta que la muerte los separara. Una pena de por vida, sin libertad condicional.

Se los veía bastante felices. Pero nunca duraba. Había excepciones, por supuesto. Los padres de Ry, Enrique VIII con una falsa barba pelirroja y Ana Bolena, se tomaban de las manos y tenían los ojos húmedos.

Pero, ¿quién en su sano juicio correría el riesgo del matrimonio? Solo aquellos cegados temporalmente por ese eterno misterio que llamaban amor. Gracias a Dios, él no.

Luego se tomaron las fotografías formales en los jardines, después en la terraza que daba a las montañas mientras el sol descendía, dándole al cielo un tono dorado y al valle uno púrpura.

Después de los discursos, los invitados charlaron por encima de la música proporcionada por una orquesta de tres miembros a medida que sacaban los postres de la cocina.

Hubo un aplauso cuando Stella y Ryan se miraron con ojos risueños y se entregaron el uno al otro un trozo de tarta.

Emma pensó que las bodas siempre invocaban esas emociones románticas, soñadoras y nostálgicas. Costaba no verse arrastrado por la euforia.

Vio a Karina beberse una copa tras otra de champán. Frunció los labios, recordándose la pegatina de «dame una palmadita» que había descubierto en su trasero después de la despedida de soltera. En ese momento se había fundido a uno de los primos de Ryan contra una pared.

Pero cuando Ryan y Stella salieron a la pista para el vals nupcial, supo que su propio momento de intimidad era inminente y le temblaron las piernas.

Jake se incorporó y extendió la mano, sus ojos tan seductores como la canción.

–Creo que es nuestro turno.

Todo el cuerpo de Emma vibró con el mensaje subyacente que iba más allá de la pista de baile y subía hasta la cama grande y suave.

Cuando le tomó los dedos para conducirla al espacio reservado para la danza, había algo... diferente en el contacto. Y en el centro de la sala, cuando le deslizó la mano por la espalda, firme, cálida y posesiva, ella sintió como si el suelo oscilara bajo sus pies.

Nunca habían bailado juntos y la proximidad de Jake liberó un torrente de endorfinas que estimuló sus sentidos. El ritmo de la música reverberaba en su cuerpo. El roce sensual de esos muslos contra los suyos por debajo del movimiento de su falda hizo que contuviera el aliento.

–Lo siento –musitó ella, saltándose un paso a la vez que trataba de crear cierto espacio entre ellos... lo necesitaba para respirar y dijo–: No soy una buena bailarina.

–Tienes suerte de que yo sí lo sea.

–Y tú de que me sienta lo bastante afable como para obviar ese comentario.

Mientras con lentitud deliberada le frotaba la espalda para crear una fricción deliciosamente cálida y atraerla al mismo tiempo, dudó que hubiera alguna faceta de la ciencia de la seducción en la que no estuviera versado. Volvió a perder un paso.

–¿Es el baile o te distrae alguna otra cosa, Em?

Le pareció la típica arrogancia masculina. Pero le sonrió.

–¿Es que los hombres siempre tienen el sexo en la mente?

–Casi –la sonrisa de él no mostró arrepentimiento alguno. Se inclinó y bajó la voz–. También está en la tuya.

Aparte de los novios y de los padres de Ryan, ellos eran la única pareja en la pista.

–La gente nos mira.

–¿Y por qué no iban a hacerlo? Estás asombrosa –le apretó la mano y se inclinó para posar la mejilla en su cabello–. Olvídate de los espectadores. Escucha la música.

«Olvida la música. Escucha la voz». Su cabeza fue hacia el hombro de él. Cuando otras parejas se unieron a ellos en la pista de baile, Jake la dirigió hacia la ventana con las vistas panorámicas. Aunque en ese momento a ella solo le interesaba la vista que tenía delante.

La mano de él le apretó la suya y se dio cuenta de que mientras las parejas daban vueltas, ellos estaban quietos. Y próximos. Y que, de alguna manera, los dedos de su mano libre, habían terminado en la nuca de Jake. Y que la canción había pasado a otra más movida.

¿Cuánto tiempo llevaban allí? ¿Cuánto tiempo le había estado mostrando exactamente lo que sentía? ¿Que todas las opciones que creía haber tenido se habían reducido solo a una? Logró retornar al presente y recordar sus deberes como dama de honor.

Dejó que su mano se deslizara por la tela suave de la chaqueta de él y liberó la otra de los dedos que la sujetaban.

–Necesito irme.

–¿Estás segura? –apartó el cabello de ella y le acarició el costado del cuello, luego la atrapó contra él con un brazo en torno a su cintura–. Porque a mí me gusta donde estamos ahora –y con una sonrisa lenta y sexy, la soltó–. De acuerdo, eres libre. Por ahora.

¿Por ahora? Pero no podía negar la excitación de que la deseara. Que ya estuviera tramando un modo de quitarle el vestido. Que las mujeres que le lanzaban miradas de admiración ni figuraran esa noche en su radar… y si ella, Emma Byrne.

Con la mano en su espalda, él la guió a través de los bailarines hasta la mesa de los novios.

–¿Quién es el guerrero romano que charla con Bernice?

Emma siguió la mirada de Jake hacia una mesa próxima y emitió una mezcla de risa y bufido.

–No llegará lejos con mamá –pero para su sorpresa, su madre sonrió ante algo que dijo el hombre de mediana edad. Luego rio–. Asombroso –también ella sonrió–. Quizá debería invitarlo alguna vez como distracción cuando esté harta de ella.

–Aguarda... Ese es el tío de Ryan, Stan, de Melbourne. Se divorció el año pasado y tiene buen aspecto.

Emma aprovechó ese momento para separarse.

–He de ocuparme de algo.

Se dirigió hacia la suite matrimonial en otra ala del hotel con una cesta de pétalos de rosa. Miró su reloj y comprobó que disponía de media hora antes de que la feliz pareja se marchara de la fiesta y celebrara el fin de su día especial.

Tiempo más que suficiente para recobrar el aliento y disponer de unos momentos para sí misma. Abrió con la tarjeta que le habían dado en recepción y encendió la luz. Un resplandor suave iluminó la estancia, reflejándose en la cama enorme de latón y resaltando el lujo suntuoso de los muebles de tonos borgoña y dorados. Apoyó un hombro en la puerta y respiró hondo.

Agradeció que el motivo de su agitación se encontrara abajo.

–¿Necesitas que te eche una mano?

Esa voz seductora cubrió su nuca de miel caliente, haciendo que se sobresaltara y tirara la pequeña cesta.

–Jake... –la palabra se convirtió en un gemido al sentir el mordisco leve en el punto sensible donde el hombro se unía al cuello. Sencillamente carecía fuerza para apartarlo o retirarse–. ¿Qué haces aquí?

Le lamió el cuello y los dedos de los pies de Emma se contrajeron.

–¿Tú qué crees? –con un movimiento fluido la hizo dar la vuelta. La puerta se cerró detrás de ellos y la apoyó contra la pared con las manos sobre sus hombros.

No le dio tiempo para contestar o pensar. Un instante miraba un par de ojos de párpados pesados y al siguiente él le saqueaba la boca con los labios más perversos de ese lado del paraíso.

–¿Ha quedado suficientemente claro? –susurró con aliento cálido sobre sus labios.

Lo bastante como para que ella recordara dónde estaban y para qué había ido a la suite.

–¿Has perdido el juicio –le empujó el torso. Infructuosamente–. El servicio de habitaciones podría aparecer en cualquier momento.

–Entonces, disponemos de un minuto –sonrió–. Será mejor aprovecharlo.

Sintió excitación cuando él bajó las manos y pasó los dedos pulgares sobre unos pezones tensos; el calor de las palmas le abrasó la piel a través del satén mientras le acariciaba la cintura y el vientre con murmullos de apreciación.

No quedaba nada del caballero sofisticado de aquella tarde. Ese hombre era un truhán perversamente atractivo con un único pensamiento en la mente: seducirla. Ella no disponía de otra alternativa que perderse en esos ojos y aceptarlo.

Con las manos subió la voluminosa falda a los lados, creando una ráfaga de aire fresco entre sus piernas.

–¿Quieres decirme que lo deje? –murmuró mientras se inclinaba para saborear su clavícula.

«Solo que dejes de perder tiempo». Emitió un gemido cuando las yemas de sus dedos acariciaron la parte superior de las medias antes de entrar en suave contacto con piel desnuda. Introdujo un dedo bajo un liguero y lo subió con el fin de seguir el contorno de las braguitas.

Volvió a sonreír al subirle la falda por encima de los pechos.

–¿Cuántas capas tienes ahí abajo?

–No lo recuerdo... –la humedad se acumuló entre sus piernas, mojando las braguitas de seda, y no supo cuánto tiempo más podría permanecer erguida.

La observó a los ojos mientras su dedo se acercaba y se introducía entre los muslos, sin llegar a tocar en ningún momento el punto que ella más ansiaba que le tocara. Y la chispa que Emma vio en su mirada encendió un fuego en ella que no iba a extinguirse pronto.

–Jake... El servicio de habitaciones...

–Dime qué te gusta. Qué quieres.

Al cuerno el servicio de habitaciones.

–Cualquier cosa. Todo –aferrando su falda, dejó que su mareada cabeza se apoyara contra la puerta–. Y deprisa.

Él se situó entre sus piernas y con los zapatos se las abrió un poco más. Uno, dos tirones. El sonido de la tela al romperse. Emma sintió que unas manos impacientes le arrebataban las braguitas del cuerpo.

Tembló. Suspiró. Soltó el aliento entre los dientes.

–Deprisa.

–No –el dedo pulgar encontró su centro palpitante–. Un trabajo bien hecho…

–Ah, síííí… –un lento y suave movimiento deslizante sobre su piel inflamada… un contacto… y el fuego se transformó en un infierno rugiente.

Se preguntó cómo un simple dedo podía causar semejante devastación. Cerró los ojos. Sintió como si se hallara en el borde de un volcán, aunque era ella quien estaba a punto de estallar.

La tocó una segunda vez y se lanzó al abismo, al vórtice caliente y sin aire, con sus músculos interiores cerrándose en torno a él.

Con respiración entrecortada, apoyó las palmas de las manos contra la pared en busca de equilibrio. Sintió que él se apartaba y abrió los ojos a tiempo de verlo sonreír con promesas por cumplir mientras salía por la puerta.

Capítulo Ocho

«Oh, Dios mío». Respiró varias veces para serenarse. Si dispusiera del lujo del tiempo, probablemente se habría deslizado por la pared hasta sentarse y desmayarse el resto de la noche.

La había tocado dos veces. Dos veces. Eso era lo que había necesitado para provocarle el orgasmo más intenso de su vida. Y luego se había escabullido como un pirata en la noche.

Se dio cuenta de que aún mantenía la falda de su vestido por encima de los pechos y la bajó ruborizada.

Se acomodó un mechón de pelo suelto. Dominada otra vez por el pánico, escudriñó el suelo en busca de sus braguitas. Ni rastro de ellas. Recogiendo la cesta olvidada, fue como dormida hasta la cama y vertió los pétalos en el centro, distribuyéndolos en un círculo precipitado. Depositó los dos jabones con forma de corazón que ella misma había hecho con los nombres de Ryan y Stella en hilos dorados en el centro y luego bajó con celeridad hasta donde la pareja se preparaba para despedirse de los invitados.

No vio a Jake entre la multitud hasta que apareció en el umbral diez minutos después. Rezó para que permaneciera lejos de ella el rato siguiente, ya que ambos debían cumplir con sus respectivos deberes antes de que la velada terminara.

Con habilidad esquivó el ramo que Stella tiró en su dirección, decidida a no caer en ese viejo truco, y vio que Jake seguía a la pareja fuera.

El grupo no había dejado de tocar y los invitados se demoraron, disfrutando de la música. Algunos bailaban; otros se dirigían al bar cerca del vestíbulo. Un rato más tarde, cuando Jake no había hecho acto de presencia, el resplandor que la embargaba se enfrío y se vio sustituido por una ansiedad palpitante en la boca del estómago. Se preguntó si iba a volver. ¿Acaso esperaba que fuera a buscarlo después de esa improvisada seducción?

Desconocía qué juego estaban jugando y no tenía idea de sus reglas. Recogió el sombrero y el parasol de la recepción y fue al bar.

Jake se despidió de Ryan y Stella y se encaminó a la recepción para concretar unas cosas. Luego recogió un par de folletos turísticos de camino al bar del vestíbulo.

Encontró un sillón cómodo en un rincón desde donde podía ver la pista de baile y llamó al camarero. Sabía que Emma seguía en la sala. Le había brindado algo de espacio, pero si no se materializaba en diez minutos, iba a entrar y a sacarla de allí.

Se guardó los folletos en la chaqueta. Los dedos tocaron seda. Las braguitas de Emma. Recordó su sorpresa y la pasión en esos profundos ojos azules cuando se las arrancó. El gemido de placer la primera vez que la había tocado.

Su cuerpo se tensó. La próxima vez que Emma se retorciera contra él... Sonrió con expectación. Tenía planes concretos para cómo iba a desarrollarse la velada.

Algunos invitados se marcharon y aún no había rastro de ella. Bufó y volvió a mirar el reloj.

Su pedido llegó con una servilleta de papel y un cuenco con cacahuetes. Dejó la botella de champán sin abrir y las dos copas en el suelo junto al sillón y alargó la mano hacia la cerveza.

–Buenas noches, Rhett.

Tardó un par de segundos en darse cuenta de que esa voz ronca e invitadora se dirigía a él. Alzó la vista y vio a una mujer bien dotada de treinta y tantos años con un vestido medieval que sostenía una copa de cóctel.

Alzó su copa y se bebió media cerveza antes de volver a dejarla en la mesa.

–Hola.

Ella tomó esa media sonrisa como una invitación y se sentó en el sillón que había enfrente, dejando la copa cerca de la suya.

–Bien –mantuvo los ojos fuera de los pechos evidentemente en oferta y, reclinándose, cruzó las piernas–. ¿Quién eres esta noche?

Deslizando la cereza del cóctel entre sus labios brillantes, se echó la mata de cabello castaño sobre un hombro y le dedicó una sonrisa letal.

–La Dama de Shalot.

–Ah, Tennyson. Un poema de circunstancias trágicas. La joven amaba a Lanzarote pero a él no le interesaba, ¿verdad?

–Pero él no la conocía –se adelantó en el sillón–. Si se hubiera tomado tiempo, las cosas habrían podido resultar diferentes.

–Pero no necesariamente para mejor. Lanzarote tenía sus ojos puestos en otra persona. La dama habría quedado decepcionada –de repente pensó si no la conocía–. ¿Ry y tú no erais…?

Ella sonrió.

–No. No tenía idea de que el novio iba a ir de Lanzarote. Soy la prima de Ryan, Kylie. De Adelaida.

–Ah… sí. La prima Kylie de Adelaida.

Había oído hablar de ella… dos maridos en la lista y en busca de un tercero.

Como un adicto, de pronto anheló a la mujer con la que había estado todo el día, no a ese bombón de silicona en busca del tercer marido rico. Emma. Con un cuerpo real y una sonrisa que posiblemente podría derretirle el corazón si no iba con cuidado.

Se bebió la copa de cerveza y la dejó.

–Que tengas una buena noche –le deseó, luego recogió la botella y las copas, se levantó e hizo una inclinación–. Bienvenida a Sídney, Lady Kylie, disfruta de tu estancia.

Giró en redondo y se dirigió a la sala de baile en busca de Emma.

***

Le temblaba tanto la mano que apenas pudo pasar la tarjeta por la ranura. Al tercer intento logró entrar y apoyarse en la puerta.

Con una mano sostenía el parasol y con la otra se frotó la zona del corazón y el cuello. Lanzó el sombrero por el aire y lo vio surcar la habitación. Había estado en la sala de baile, esperando que Jake fuera a buscarla. Pero no lo había hecho. Cuando se trataba de chicos como él, era tan ingenua.

Y entonces lo había encontrado. En el bar del vestíbulo… con una mujer que parecía una mujer y no una adolescente poco desarrollada.

La llamada suave a la puerta, detrás de ella, hizo que girara en redondo. Con el corazón martilleándole en el pecho, abrió de golpe.

Jake estaba apoyado en la jamba, con la chaqueta colgando sobre un hombro y la camisa remangada. Tenía el pelo un poco revuelto y la corbata había desaparecido. En la mano libre sostenía una botella de champán y dos copas.

Sus ojos se encontraron. Los de él ardían con un apetito insatisfecho y tan ardiente que le causó un nudo en la garganta que apenas le permitió emitir un susurro. Solo podía pensar que había ido a buscarla a ella. A ella.

Alzó la botella.

–¿Vas a dejarme pasar? ¿O quieres que toda la planta sepa que el padrino planea una noche de pasión con la dama de honor? –sonrió al entrar de costado y rozarle los labios con los suyos–. Espero que no hayas planeado empezar sin mí.

Tardó un momento en entenderlo y fue como si el fuego le subiera por la garganta y la cara.

Cerró la puerta y se apoyó contra ella, con el corazón desbocado mientras veía cómo él arrojaba la chaqueta sobre el sofá y los músculos se abultaban bajo su camisa.

–No estabas huyendo de mí, ¿verdad?

–Tú... tú estabas ocupado –logró hablar.

–Te estaba esperando –frunció el ceño.

–No lo sabía –la hilera de botones del vestido se le clavaban en la piel por estar contra la puerta dura.

Jake dejó la botella y las copas en una mesita y enarcó las cejas.

–¿No lo sabías? Cielos.

–Pensé que tal vez... –habías encontrado a alguien más apetecible, más atractiva... –habías cambiado de idea.

–¿Qué? ¿Has olvidado que este fin de semana es para nosotros?

–Yo nunca acepté eso –afirmó alzando el mentón. De esa forma.

–Tú... –movió la cabeza y al final lo comprendió–. Vamos, Emma, ¿de verdad piensas que iría tras el tipo de mujer de abajo?

–Es... esperaba que no –tragó saliva, aliviada y permitiéndose una media sonrisa–. Porque entonces tendría que haberte golpeado con mi parasol.

Con mirada perversa, él le devolvió la sonrisa.

–Puede que te deje. Después.

–Mmm... –¿de verdad estaba preparada para un hombre experimentado como Jake?

Él descorchó la botella de champán.

–Esta noche ha sido una conclusión conocida de antemano y los dos lo sabemos.

Sí. Y por ese momento, por lo que quedaba del fin de semana o por lo que durara esa chispa, sabía sin lugar a dudas que quería hacer el amor con Jake más que respirar.

Él dejó la botella.

–Ven aquí y bésame.

No necesitó que se lo dijera dos veces. Cruzando los pocos pasos que los separaban, se pegó contra su torso, le rodeó el cuello y fundió la boca con la suya.

El calor encontró calor. Ni dulce ni tierno. No con él. Ni Emma lo quería así. Esa fusión de los egos y de los labios fue una combinación oscura y peligrosa de pasión acumulada y de deseos largo tiempo contenidos. Justo lo que deseaba.

La pegó a él para que pudiera sentir la protuberancia acerada de su erección. Una presión persuasiva. Deleites prometidos.

Alzó los labios para murmurar:

–Emma, Emma, me has estado volviendo loco toda la noche. Toda la semana.

Ese reconocimiento la deleitó hasta los dedos de los pies.

–Lo mismo aquí...

Mareada y aturdida, arqueó las caderas contra la dureza y se aferró a él mientras Jake le besaba y mordisqueaba los labios y el cuello, el escote.

Unas manos impacientes le recorrieron los pechos, apretando y masajeando, mientras unos dedos hábiles encontraban los pezones a través del satén y los moldeaban hasta transformarlos en cumbres endurecidas.

Besó y lamió la piel que salía del escote, luego bajó más la cabeza para mordisquear los pezones a través de la tela.

Con un sonido de frustración por la cantidad de botones que había en la espalda del vestido, asió ambos extremos y tiró. Ella sintió que el satén cedía a medida que los botones caían al suelo.

–No te preocupes –le dijo él–. Conozco a una buena modista.

Arrodillándose, bajó el atuendo estropeado hasta sus pies y ella los levantó para abandonarlo, quedando vestida solo con el corsé con encaje y las medias.

–Eres preciosa –murmuró con voz ronca–. Y sigues acorazada –esbozó una media sonrisa irónica.

–No del todo. Tienes mis braguitas… ¿verdad?

–Ahora son mías –contempló los secretos femeninos expuestos bajo el liguero, luego subió la vista con ojos que ardían–. Quiero verte toda.

Le quitó los zapatos y luego le soltó las medias, bajándolas con suavidad por sus piernas mientras el aliento de Jake le quemaba la piel. Alzó cada pie para que pudiera finalizar y tirarlas a un lado.

Con manos trémulas, comenzó a tantear los lazos. Sus pechos no estaban…

–Yo no…

Él le puso un dedo sobre los labios y movió la cabeza.

Le tomó las manos y se las extendió a lo ancho

para que sus cuerpos se tocaran en todos los lugares adecuados, luego la acercó y comenzó a bailar un vals. Pasos pequeños, los muslos rozándose. La llevó hacia la enorme cama con dosel.

Ella sintió el borde de la cama contra la parte de atrás de las piernas. Le giró las palmas hacia arriba, le besó el interior de ambas muñecas, donde su pulso era un concierto de rock, y después le cerró los dedos de cada mano sobre los postes de la cama por encima de su cabeza.

–Y no los sueltes –ordenó.

La postura erótica activó dentro de Emma una avalancha de necesidades salvajes y demandas urgentes. Los pechos se adelantaron, tensándose en los límites del corsé, los pezones compactos hasta el punto del dolor y del fuego al contacto.

–Jake... –suspiró. Lo quería todo... y en ese momento.

Los dedos de él buscaron los lazos. Cuando ella soltó las manos de los postes en un intento frenético por acelerar el proceso, él le sujetó las muñecas con una tormenta de fuego en los ojos oscuros.

–Quieta.

Un escalofrío le recorrió el cuerpo y se enroscó en su vientre cuando él reanudó la tarea. Notó que no tenía las manos firmes y que respiraba entrecortadamente. Soltó un juramento y luego una mano buscó en el bolsillo y sacó una navaja del ejército suizo. Un puñado de preservativos cayó al suelo.

Ella los miró y luego buscó sus ojos.

–¿*Boy Scout*?

–Solo preparado –musitó con voz ronca.

Le encantó que perdiera el control con ella... la corriente Emma Byrne.

Abrió la pequeña navaja y cortó el primer lazo. El segundo. Ella contuvo el aliento. Los nudillos de Jake rozaron un pezón mientras seguía bajando. La reacción erótica en su útero, tensándolo a la vez que suavizaba y humedecía los músculos internos, le aflojó los muslos.

–Jake.

–Te compraré otro.

–No... importa... son solo... lazos.

La prenda se separó y cayó al suelo y los pechos se liberaron. Y de pronto no importó que no tuviera los pechos que quería tener, porque él los miraba con reverencia y aprecio.

–Magníficos –murmuró–. Absolutamente perfecta.

Soltó la navaja y se llenó las manos con los pulgares acariciando los capullos compactos, masajeándolos entre los dedos hasta que ella pensó que perdería el sentido con el placer. Wayne nunca, nunca había adorado su cuerpo del modo en que lo hacía Jake.

Se retorció contra el poste, adelantando las caderas y arqueando la espalda. Tenía que acercarse... Necesitaba más. Tenerlo dentro de ella. Ya.

Un gruñido reverberó de la garganta de Jake y Emma oyó el sonido metálico de la cremallera de sus pantalones. Sin dejar de mirarla, de algún modo agarró un preservativo que se le había caído y abrió el celofán con los dientes.

Unas manos duras se cerraron sobre sus caderas, inmovilizándola con sensualidad. Con precisión infalible, la embistió con virilidad y potencia. Un torpedo que encontraba el objetivo. Invadiéndola, estirándola, llenándola.

En el lugar que le correspondía.

En algún rincón oscuro de su mente nublada por el placer, luchó contra ese concepto al tiempo que lo acogía. Entonces, los pensamientos se fundieron con el olvido al entregarse por completo a todas las capas distintas de sensaciones.

Sentía contra los muslos la tela de sus pantalones mientras la embestía. El sonido de su respiración agitada y los suspiros de ella en respuesta sincronizada.

La luz dorada palpitaba en el fondo de sus ojos a medida que sentía cómo crecía y crecía su clímax... Sus piernas amenazaron con ceder y se aferró con más fuerza a la madera suave de los postes, y entonces las manos de Jake se cerraron sobre las suyas y la ayudaron a permanecer erguida. Desde la cabeza hasta los pies los cuerpos chocaron, piel desnuda contra otra completamente vestida.

Estaba mojada, encendida e insoportablemente erótica, y Jake no fue capaz de recordar la última vez que había estado tan excitado. Corcoveó contra él, salvaje, lasciva, recibiendo sus embates con una avidez y una energía comparables a las suyas.

No había imaginado que podría ser de esa manera. Que la necesidad por una única mujer, pudiera resultar tan desesperada, tan poderosa, tan devoradora. Una especie de locura se había apoderado de él.

El orgasmo de Emma fue urgente, casi sollozando su nombre, los músculos internos atrapándolo en esas paredes sedosas de calor que activaron su propio clímax.

Las manos unidas bajaron por los postes y la soltó y juntos cayeron sobre la cama en una maraña de extremidades saciadas, la respiración de ambos llenaba el aire.

–Ven aquí –murmuró cuando se sintió capaz de volver a moverse y la acomodó sobre su cuerpo. Sintió que el corazón de Emma latía al unísono con su propio y atronador corazón.

Sus cuerpos encajaban a la perfección y lo hacía sentirse el rey del universo. Ya volvía a estar excitado.

–Eh, ¿te vas a desnudar conmigo o qué? –la voz de ella sonó ronca por la fatiga.

Ladeó la cara para poder mirarla, su piel perfecta y cubierta con una capa translúcida de humedad, los ojos aún vidriosos por la pasión residual.

Lo recorrió un sentimiento desconocido que no sabía muy bien cómo encarar. La situó a un lado. Le apartó el cabello revuelto de la cara y le besó la frente húmeda.

–Dame un minuto.

En el cuarto de baño se deshizo del preservativo, luego se echó agua fría en la cara. Acababa de tener un sexo salvaje con Emma. Emma. Vio el ceño en su reflejo y se secó con una toalla.

Al regresar, ella se había metido bajo el edredón y estaba profundamente dormida en el centro justo de la cama.

Se la veía diminuta y muy sola en esa cama enorme.

Vulnerable.

Ese sentimiento extraño se intensificó. Observó su respiración acompasada. No había previsto esa... esa oleada de emoción. ¿Qué había hecho?

Incluso mientras se quitaba la camisa, pensó que debería volver a su propia habitación. Recoger algunas cosas básicas. Quizá ella necesitara algo de espacio. Desde luego, él sí lo necesitaba.

Pero se desprendió de los zapatos y se quitó los pantalones y los calzoncillos. Recogió los preservativos del suelo, los dejó en la mesilla de noche y luego se acostó junto a ella.

Con un murmullo dormido, se acurrucó contra él. La calidez de ella lo penetró hasta los huesos. Se dijo que jamás olvidaría la fragancia exótica tan típica de ella. Y cuando esa atracción se hubiera agotado...

Cerró los ojos.

Pensaría en ello al día siguiente.

Capítulo Nueve

El sonido de la respiración regular de un hombre despertó a Emma. Sobre una pierna tenía otro muslo musculoso y velludo. Una mano cálida se curvaba sobre su pecho izquierdo.

Jake.

El corazón le dio un vuelco y el cuerpo le ardió con la oleada de imágenes de la noche anterior con el hombre de sus sueños. Se quedó quieta, sin querer despertarlo todavía, ya que quería revivir todos los momentos gloriosos.

Le había hecho el amor una y otra vez. Siempre diferente, siempre asombroso.

Abrió los ojos y giró la cabeza. Sonrió al verle el pelo revuelto. Tuvo ganas de acariciar otra vez su sedosa suavidad. Estaba impaciente por sentir el peso de su cuerpo sobre el de ella, sentir que volvía a eyacular dentro de ella.

Pero la realidad irrumpió como un ladrón, llevándose la hermosa sensación. Ese fin de semana era lo único que él había ofrecido. Lo único que habían acordado. Solo por diversión.

«Así que aprovéchala al máximo», se dijo, decidida a soslayar la sensación que la impulsaba a suplicar más. «Vive el momento».

Sacó la pierna de debajo de la suya, deslizó la mano entre sábanas suaves y un estómago liso y musculoso... Lo encontró semierecto y lo rodeó con los dedos. Él abrió los ojos de golpe y esa inocencia en su cara desapareció al instante, reemplazada por un deseo encendido y no del todo adormilado mientras se endurecía bajo la palma de la mano.

–Buenos días –susurró Emma y volvió a bajar y a subir la mano por esa extensión satinada–. Lamento despertarte... De hecho, no lo siento –apretó con gentileza–. Tengo grandes planes para el día.

Él apoyó la cabeza sobre un brazo y la observó con una sonrisa.

–¿De verdad?

–Mmm –situó su pecho sobre el torso de él y se frotó una vez, dos, disfrutando del contacto del vello masculino contra sus pezones antes de bajar la mano para tomarle la pesada masculinidad. Apoyó el mentón en su pecho y lo miró a los ojos–. ¿Y tú? ¿Tienes alguna idea?

–Me apunto a lo que sea –afirmó con sonrisa perversa, todo él completamente despierto.

Apartó las sábanas y el edredón y se tomó tiempo para admirar la vista magnífica de piel bronceada sobre puro músculo... y el hito orgulloso y arrogante de su masculinidad.

–Lo he notado –antes de que Jake pudiera reaccionar, se puso a horcajadas sobre él y recogió un preservativo–. Empecemos el día en lo más alto.

Un rato más tarde, acurrucada contra él, se estiró con pereza. No había un domingo mejor.

Lo miró y el cuerpo entero se le ruborizó ante todo lo que habían hecho la noche anterior. De pronto se sintió demasiado desnuda, se sentó y se cubrió los pechos con la sábana.

–¿Es esto… nosotros… raro?

La sonrisa de él se desvaneció y durante largo rato no contestó mientras se miraban. Algo detrás de su mirada oscura hizo que el corazón le latiera… Se suponía que solo iba a ser algo físico. Una semana en la Isla del Placer.

–Vuelves a pensar demasiado –le arregló el cabello detrás de la oreja–. He alargado mi reserva en el hotel. Quiero otra noche contigo. ¿Qué dices?

Una noche más. La libertad y la irresponsabilidad la llamaban, y aún no estaba lista para regresar a su trabajo aburrido y su vida.

–Significará madrugar mañana si queremos llegar a tiempo a la ciudad.

–He decidido tomarme el día libre. ¿Y tú?

–El lunes es un día ajetreado. Tengo…

–Quédate conmigo. Llama y di que te sientes mal.

–No puedo tomarme un día libre.

–¿Por qué diablos no? Enarcó las cejas–. Tu hermana acaba de casarse. Tu jefe lo entenderá –su voz se tornó baja, suave y seductora–. Si quieres, puedo convencerlo de que necesitas el día para recuperarte.

Frunció el ceño. Generar ingresos era una necesidad. Una aventura de una o dos noches, un lujo.

Aunque toda mujer se merecía un poco de lujo de vez en cuando.

–Yo no he interferido en tu vida laboral, Jake. Por

favor, respeta la mía. Y para que lo sepas, mi jefa es una mujer y da la casualidad de que no puede resistirse al amor y al romance –se inclinó y le dio un beso en los labios–. Lo organizaré yo –y más adelante afrontaría las repercusiones.

–Buena decisión –con la mano en la nuca, la mantuvo inmóvil mientras la derretía con un beso irresistible–. ¿Y tú?

–¿Yo qué?

–¿Tú tampoco puedes resistirte cuando se trata de amor y romance? –le pasó un dedo por la mejilla y continuó hombro abajo.

Se apartó y descartó las palabras junto con las emociones que no quería ni necesitaba.

–No quiero ninguna de esas complicaciones en mi vida.

–Muy bien. Los dos faltaremos mañana al trabajo y luego regresaremos con tranquilidad a la ciudad –se sentó y recogió los pantalones del suelo–. Necesito volver a mi habitación, darme una ducha y cambiarme. Quedamos abajo en media hora para desayunar y hablar de nuestros planes.

–De acuerdo –con un suspiro interior lo observó ponerse la ropa de la noche anterior. Se levantó y recogió el albornoz que había usado. Se ató el cinturón y lo siguió hasta la puerta.

–Nos vemos en un rato –dijo, inclinándose para besarla antes de abrir la puerta.

Entonces Emma vio que sus hombros se tensaban al detenerse de golpe.

–Jake.

Oyó la voz helada de su madre y la piel de Emma se ruborizó hasta la raíz del cabello revuelto. Se subió el albornoz hasta el mentón con ambas manos.

–Buenos días, Bernice. Em está a punto de darse una ducha. Has llegado justo a tiempo.

Jake le daba la espalda y si se sentía sorprendido o avergonzado su voz no lo reflejó. Al terminar, se marchó con la chaqueta y el chaleco colgando al hombro.

–Mamá –respiró hondo para darse fuerzas. Abrió más la puerta al tiempo que imaginaba que la cerraba con fuerza–. Jake se… marchaba –una obviedad. Y parecía haberse llevado con él su habilidad para procesar los pensamientos.

Su madre entró, sin que se le pasara nada por alto de la orgía de la noche anterior con las pruebas diseminadas por el suelo.

–Venía a informarte de que vuelvo con el tío de Ryan, Stan.

Se preguntó si había un destello de excitación en los ojos de su madre. Pero en cuanto parpadeó, se había desvanecido.

–Eso es… estupendo… mamá… –calló. ¿Qué podía decir?

–Quería cerciorarme de que tendrías con quien volver. Pero doy por hecho que lo harás con Jake.

Emma captó con claridad la crítica subyacente en esas palabras.

–Gracias, pero en realidad voy a quedarme otra noche –por sus venas corría el desafío–. La verdad es que nos vamos a quedar otra noche.

Su madre dejó de contemplar la cama deshecha y giró para mirarla.

–¿Y el trabajo de mañana?

–Me tomo el día libre.

–¿Es que no tienes sentido de la responsabilidad, muchacha? Y con un hombre como Jake –bufó su desaprobación.

–Nunca me he tomado un día libre. Y en cuanto a Jake, me gusta, mamá. Y también a Stella –cruzó los brazos para protegerse del frío de los ojos de su madre–. Es un hombre interesante, sincero y trabajador. Tomo mis propias decisiones acerca de los hombre a los que elijo ver. Y cometo mis propios errores.

–Entonces, ¿ya piensas que se trata de un error?

Quizá lo fuera, pero jamás lo sabría si no corría el riesgo.

–Quiero la oportunidad de descubrirlo.

–Muy bien –aceptó su madre con los labios apretados. Al ir hacia la puerta no perdió la expresión pétrea–. Te veré en casa.

–Sí. Conducid con cuidado.

Recogió las prendas tiradas y los botones sueltos que pudo localizar. Guardó todo en la maleta y sacó ropa informal. Necesitaba un día relajado de turista en las Montañas Azules.

Y esa noche… Su cuerpo recientemente vigorizado se contrajo ante el pensamiento. Iba a ser diversión. Solo diversión.

Capítulo Diez

Después de despedir a los recién casados que se iban de luna de miel, Jake la convenció de repetir el paseo hasta Echo Park esa mañana. Aunque el aire estaba frío, el sol por el momento se veía y le daba a las Tres Hermanas una tonalidad anaranjada contra el follaje teñido de azul. Se acercaban nubes, lo que presagiaba lluvia para última hora de la tarde.

Ninguno de los dos había hablado del episodio del desayuno, pero había que airearlo.

–De modo que Stan va a llevar a tu madre a casa –comentó Jake mientras contemplaban el valle.

–Espero que pueda mejorarle el humor –se apoyó en la barandilla.

–Si alguien puede animar a Bernice, Stan es tu hombre.

–¿Sabes una cosa? –con las manos en la barandilla, se echó atrás para mirar el cielo–. Hoy no quiero pensar en ella o en el trabajo.

–Buena chica –le cubrió una mano con la suya–. Hoy es para nosotros.

–Suena perfecto.

Se volvió hacia él y alzó el rostro; en sus ojos aún danzaban las chispas de la noche anterior. Llevaba un chándal viejo, zapatillas que habían visto tiempos mejores y tenía el cabello recogido en una coleta que caía entre sus hombros. Sin maquillaje, la cara rebosaba buena salud.

Se la veía... radiante. La gimnasia de la noche anterior le había sentado de maravilla.

Tomados de la mano, emprendieron la marcha por un sendero que conducía a Katoomba Falls.

Descubrieron que a los dos les gustaba explorar la naturaleza a pie y que compartían el interés en el medioambiente y en la flora y fauna nativas.

La convenció para cruzar el valle en el funicular con la promesa de almorzar en el restaurante giratorio que había en el otro extremo. Ella enterró la cara en su pecho mientras cruzaban el espacio a una gran altura.

Jake no pudo recordar un día que hubiera disfrutado más en mucho tiempo.

Estaba igual de interesado en la mente de Emma y en sus opiniones como en su cuerpo. Conectar con ella y descubrir lo que tenían en común formó parte del día tanto como las largas miradas que prometían que la velada que les esperaba sería tan especial como la última.

A media tarde le empezó a resultar cada vez más arduo no tocarla, de modo que acortaron el turismo y emprendieron el regreso al hotel y a su suite.

Luego, rodeados de velas blancas en el spa del asombroso cuarto de baño negro, con una amplia vista ininterrumpida, bebieron champán y contemplaron el panorama en constante cambio.

Pero la mejor vista la tenía justo frente a él.

El cabello de Emma capturaba los últimos y débiles rayos del sol y en sus mejillas se reflejaba la luz de las velas a medida que el día se desvanecía.

Era importante no perder ni un solo segundo de lo que les quedaba de esa noche antes de volver a la vida acelerada de la ciudad.

Dejó ambas copas en el costado del spa y luego se deslizó hacia delante, con las rodillas dobladas, de modo que la rodeó con las piernas y los vientres entraron en contacto. Apoyó las manos en sus hombros y la miró a los ojos.

–Es un placer estar contigo.

Perdida en esa mirada castaña, Emma supo que tarde o temprano iba a pagar por ese placer. Pero ese fin de semana había sido una aventura constante que recordaría para siempre.

–Eh, eso tenía que hacerte sonreír, no fruncir el ceño. De acuerdo, tengo algo que garantizará tu sonrisa.

Se acercó hasta presionar la creciente erección, ardiente e impaciente, contra su vientre.

–Mmm.

–¿Lo ves? Ya sonríes –comenzó a mordisquearle el cuello–. ¿Cómo lo hago? –tiró del lóbulo de la oreja con los dientes.

–Muy bien.

–¿Solo muy bien?

Ella cerró los ojos para saborearlo mejor.

–Sabes hacerlo mejor.

Una mano se posó en su pecho izquierdo y comenzó a jugar con el pezón.

–¿Qué te parece esto? –acercó la boca a la suya y susurró–. ¿Es bueno?

–Mmm.

Muy bueno. Suspiró y abrió la boca a su lengua exploradora. Era todo, la conexión como amantes y la fácil comunicación, los intereses que compartían.

¿O era algo más profundo?

Antes de poder profundizar en ese pensamiento que asustaba, lentamente él empujó esa erección gloriosa en su interior. Ya no tuvo dudas de que era persuasivo. Y adictivo.

La penetró hasta el fondo y comenzó a moverse deprisa, en una cabalgata salvaje al paraíso.

–Llega conmigo –las palabras de él sonaron ásperas y roncas contra el oído de Emma al penetrarla con todo su poderío.

–Llego –jadeó al lanzarse por el borde del abismo aterciopelado con él.

Luego, sentados con las batas a juego del hotel y disfrutando de la langosta fría y la ensalada de mango que les había subido el servicio de habitaciones, él quiso conocer más de sus secretos. Más del producto que había desarrollado y por qué se mostraba tan apasionada con él y le dedicaba tanto de su tiempo libre.

Era diferente de las mujeres con las que solía relacionarse. Emma era burbujeante y refrescante, un destello de rocío en la hierba primaveral de una mañana soleada.

Ella mojó un trozo de langosta en la salsa y lo acercó a sus labios.

–Está delicioso.

La luz tenue de la habitación proyectaba sombras íntimas.

–No hay nada mejor que el romance, ¿eh?

–El romance no me interesa.

Ese comentario directo lo sorprendió.

–¿No? –con un gesto de la mano abarcó toda la suite–. ¿Y cómo llamas a esto?

–Atmósfera.

–Entonces, define romance.

–Corazones, flores y palabras bonitas. No los necesito ni los quiero.

–¿Por qué no? –vio el dolor en sus ojos antes de que apartara la vista.

–Ahí está el problema –se encogió de hombros–. Lo era. Algo especial cada viernes por la noche y una docena de rosas rojas cada miércoles, con una nota bonita en la que ponía que pensaba en mí…

Su historia no tenía sentido para Jake.

–No fuiste del todo sincera conmigo sobre él la noche de la cena, ¿verdad?

–Por el hecho de no querer roman…

–Está en tus ojos. Por eso no me miras.

–Yo… –encorvó los hombros–. De acuerdo. No fui yo quien lo introdujo en mi agenda. Él me hizo un hueco en la suya. Y yo lo dejé. Porque estaba estúpidamente enamorada de él.

Jake pasó un dedo por su mejilla.

–Es más idiota que lo que pensaba –murmuró.

Ella movió la cabeza.

–El romance es una mentira para cubrir otra mentira.

–No tiene por qué serlo, Emma.

–Nada de romance, ¿de acuerdo? Nada de mentiras.

–De acuerdo… –la tumbó boca arriba sobre la alfombra y le abrió la bata–. ¿Significa eso que puedo decirte que eres la mujer más sexy con la que he hecho el amor frente a una chimenea?

Sonrió y le guiñó un ojo mientras Jake descendía sobre ella.

–Eso no me parece mal.

Después de un rápido almuerzo en una cafetería encantadora y rústica, emprendieron el regreso a Sídney.

A la vida real. Un pensamiento deprimente. Ella cerró los ojos y fingió dormir a medida que llegaban a las afueras de la ciudad y dejó que su mente vagara por los acontecimiento de los dos últimos días.

Oyó a Jake hablar por el móvil con su secretaria, disfrutando de su timbre de voz.

El teléfono de Emma sonó indicando un mensaje de texto entrante. Su yo responsable le impidió ignorarlo. Levantó la tapa del aparato y miró el mensaje.

–No me lo puedo creer –murmuró.

–¿Sucede algo? –inquirió Jake.

–Mi madre se ha ido a Melbourne. Con Stan.

–Bien por ella –comentó él con tono risueño.

Emma escribió un mensaje y lo envió antes de guardar el teléfono en el bolso.

–Nunca en la vida ha hecho algo tan impulsivo.

–Pues ya era hora –sin apartar la vista de la carretera, apoyó una mano en el muslo de ella–. Stan es un buen hombre. Tu madre estará bien. Además, es una mujer dura –añadió momentos más tarde–. Sé que estuvo enferma un tiempo prolongado...

–Depresión clínica –recordó el estrés que tuvieron que soportar Stella y ella–. Ya se ha recuperado, pero las consecuencias aún perduran.

–¿Lo causó la muerte de tu padre?

Negó con la cabeza.

–Se deprimió mucho antes de eso. Mi padre no la amaba y había otras mujeres.

–¿Por qué no lo dejó y se marchó?

–Porque él tenía el control absoluto de su dinero –la angustia salió de su interior y se sintió bien, como si le desterrara de su vida–. Justo antes de que mi padre muriera, invirtió lo que quedaba de la herencia de mi madre y lo perdió todo.

–Eso es duro, Emma. ¿Es la razón por la que siempre estás trabajando?

–No podía dejar que se vendiera la casa. Eso habría acabado con mi madre. Stella adoptó el papel de cuidadora.

–Perdóname si esto te ofende, pero, ¿por qué diablos Bernice te trata del modo en que lo hace? ¿Y tú por qué se lo permites?

Una pregunta que ella misma se había hecho muchas veces.

–Mi madre jamás apreció el lado financiero de lo que yo hago… . simplemente, no lo veía. Y Stella ha estado ahí de un modo más físico y emocional.

–Y por eso levantaste una barrera para protegerte del rechazo.

–Supongo que lo hice. Ya no me lastima más.

–No estoy de acuerdo, Emma –la miró un segundo–. Sigue ahí.

Se encogió de hombros.

–Ella dejó que mi padre arruinara su vida. Es algo que se proyectó sobre sus hijas.

Y le recordó por qué no se permitiría pensar en lo que Jake y ella tenían como algo más que un encuentro sexual.

Cuando aparcó ante su casa y apagó el motor, Emma tuvo la sensación peculiar de llevar fuera una vida entera.

Él abrió la puerta y fue al maletero para sacar su equipaje.

Emma respiró despacio antes de bajar y seguirlo hasta la puerta de entrada. La abrió y entraron.

–¿Dónde quieres que deje tus cosas? –preguntó detrás de ella.

–Aquí está bien –se volvió hacia él, sintiéndose de repente una extraña en su propio entorno. Todo era diferente y no sabía qué decir. Él dejó la maleta en el suelo y depositó la funda de los vestidos encima–. Gracias.

–De nada.

Al no saber qué hacer con las manos, las juntó delante de ella, preguntándose cómo se despedía de un hombre con quien acababa de pasar un par de noches practicando el mejor sexo de su vida.

–Gracias por un fin de semana estupendo.

–Ha sido un placer.

–Bueno… ya te veré… por ahí.

Él asintió mirándola fijamente a los ojos pero sin revelar nada.

–Te llamaré.

–Bien.

Jake se inclinó para besarla. Un simple roce en los labios. Emma abrió la boca bajo la suya y probó su lengua cuando la exploró. El corazón le martilleaba en el pecho y tuvo que agarrarse a su camisa unos momentos antes de que él levantara la cabeza.

Fue la primera en retroceder.

–Bueno, adiós, entonces.

Cerró la puerta y escuchó el sonido del motor de su coche al alejarse. Se dijo que no podía ser amor. No otra vez. No lo permitiría.

Capítulo Once

Los días siguientes en el trabajo le costó seguir adelante, concentrarse, ya que solo pensaba en Jake.

Se sentía distinta. Estar con Jake le había proporcionado una nueva seguridad en sí misma. Como mujer, como amante y como persona.

Quería verlo para poder decírselo.

Mientras tanto, siguió trabajando.

El jueves por la noche, escuchando su CD favorito de jazz, se preparó una sopa de miel y en el momento de dejarla a un lado para que se enfriara un poco, sonó el timbre y fue a responder.

Jake.

Estaba apoyado en el marco de la puerta.

Su sonrisa fue espontánea.

–Hola. Salía y pasaba por aquí… ¿Te pillo en un mal momento?

–No… no. ¿Qué te trae por aquí? –al llegar a la mesa de la cocina y sin haber obtenido respuesta, dio media vuelta y a punto estuvo de chocar con él.

–Tú –sus ojos se fundieron con los de Emma–. Más específicamente, tus jabones –se frotó las manos–. La semana próxima es el cumpleaños de mi secretaria y me gustaría comprarle algunos.

–Mmm. Bien… –se pasó las manos por la bata. Le

sudaban–. Tengo unos muy bonitos con forma de flor y con «Feliz Cumpleaños» en alguna parte. Iré...

–Que no ponga nada de cumpleaños –la tomó por el brazo cuando fue a alejarse.

–Oh. De acuerdo... parpadeó una vez.

–No quiere que nadie lo sepa –se encogió de hombros–. Es tímida acerca de esas cosas –bajó la voz y le soltó el brazo–. He pensado en llevar algunos más a la oficina al mismo tiempo y dejar que el personal los pruebe.

–¿De verdad? –la sorpresa y el humor brillaron en sus ojos.

–De verdad –le devolvió la sonrisa–. ¿Qué puedes recomendarme?

Se dirigió a los contenedores de plástico apilados contra una pared.

–Todos están fabricados con leche de cabra para pieles sensibles, pero dispongo de un abanico de fragancias. ¿Qué te parece el ámbar, que posee una nota dulce y boscosa adecuada para ambos sexos? ¿O la vainilla? –sacó un contenedor y lo llevó a la mesa–. O para algo especial... tengo algunos con forma de bollos con diferentes fragancias... arándanos, canela, coco. Son mis favoritos y muy populares. Si quieres, te los puedo envolver en una pequeña cesta.

Él sonrió.

–¿Son para lavarse o para comerlos?

Abrió la caja y sacó una bonita muestra rosada que hacía juego con su mejilla.

–Estos modelos me encantan, pero no los recomendaría para comerlos.

Era evidente el júbilo que obtenía de su trabajo creativo. Y tenía razón, no era una afición. No le extrañó que se sintiera insultada cuando él lo calificó de esa manera. Tenía algo único.

Apoyó una cadera contra la mesa.

–¿Has reflexionado algo más en promocionar este producto? Porque esta noche veo a una mujer diferente ante mí. Una que ahora quizá esté dispuesta a correr ese riesgo.

–Tal vez soy una mujer diferente –lo miró–. Tú has tenido que ver con ello. Y le estoy dando vueltas al proyecto –eligió una tartaleta verde y la acercó a la nariz de él–. ¿Qué hueles?

–¿Hierba recién cortada?

–Le da al cuarto de baño un aroma agradable –la volvió a dejar–. Tantas fragancias. Todas me encantan.

–¿Cuál usas tú? –se inclinó para oler mejor la fragancia que había echado de menos los últimos días.

–Fantasía Tahitiana –le costó responder–. ¿Para qué has venido realmente, Jake?

Él apoyó los labios en su cuello suave.

–Nada como una Fantasía Tahitiana. Porque quería volver a verte. ¿Te parece bien eso? –le tomó la cintura con las manos y con los labios siguió un rastro hasta debajo de su oreja.

–Ah… sí…

–Bien, porque me resulta imposible mantenerme alejado de ti –le mordisqueó el lóbulo de la oreja–. Tengo esta comezón…

–¿Dónde? –murmuró Emma.

–Por todas partes –se acercó más y plantó besos abiertos sobre su cuello y su mandíbula–. Me pica cada condenado centímetro.

–Eso suena serio –le subió la manga de la camisa y le masajeó el antebrazo–. ¿Exfolias tu piel?

Le plantó un beso prolongado en los labios.

–Solo cuando estoy contigo.

Eligió un jabón de color oscuro.

–Miel y harina de avena –le dio un pequeño empujón en el pecho con un dedo–. Siéntate… si dispones de un momento.

–Para ti, sí –acercó una silla y la observó llenar un cuenco con agua templada. Se preguntó si las últimas noches para ella habían sido como para él, sin poder dejar de pensar en lo bien que lo habían pasado juntos. Lamentaba haber puesto un límite de tiempo a su aventura.

–Es casi tan bueno como el sexo –llevó el cuenco a la mesa y lo depositó delante de él junto con una toalla de manos.

–¿Qué es?

–Levántate las mangas e introduce las manos en el cuenco –humedeció el jabón en el agua y le dio vueltas entre sus manos hasta que brilló, luego lo deslizó por las manos en un masaje lento y resbaladizo–. ¿Bien?

Fascinado, observó cómo los dedos de ella se deslizaban por encima y entre los suyos. La miró a los ojos.

–Muy bien. Excepcionalmente bien. Pero… ¿Necesito trabajar en mi técnica de dormitorio?

Los ojos de ella brillaron. Esbozó una sonrisa abierta.

–Tu técnica no tiene ningún punto flaco, Jake –entrelazó los dedos con los suyos.

–Ni la tuya –correspondió y vio que sus ojos se convertían en estanques de puro deseo–. ¿Le das a todos los clientes un tratamiento personalizado?

Emma se inclinó hasta dejar sus labios a un suspiro de distancia de los de Jake.

–He estado pensando que no hay ningún motivo para que no sigamos viéndonos, ¿no?

–¿Qué estás diciendo? –todo su cuerpo se paralizó.

–Me gusta estar contigo. No mires demasiado al futuro. Disfrutemos del momento. ¿Qué dices? Mientras tanto, tengo una cita en King's Cross. Si lo de esta noche sale según lo planeado, mañana el Pink Mango podría tener un dueño nuevo.

Ella seguía mirándolo.

Él se secó las manos en la toalla y se puso de pie.

–Te llamaré mañana por la noche. Me marcho.

Sonrió para sí mismo cuando la oyó decir «¡sí!» de camino a la puerta.

Para Emma, el siguiente día laboral se hizo interminable, a diferencia de lo que pasaba con Jake, que parecía despegar con velocidad de crucero.

Eran casi las seis cuando la llamó.

–Está hecho –le dijo sin preámbulo–. El Pink Mango es historia.

–Bien por ti.

–¿Puedes despejar tu agenda para esta noche y venir a festejarlo conmigo?

La sonrisa de ella se amplió.

–Considérala despejada.

–¿Te recojo en treinta minutos?

–¿Qué?

–Estarás preciosa con lo que sea que lleves puesto –dijo–, y tengo pensado un lugar informal.

Treinta minutos más tarde, se había decantado por sus mejores vaqueros y un jersey de color marfil acompañado por un fular turquesa y anaranjado brillantes.

–Hola –sonó tan sin aliento como se sentía.

–Hola –con un brazo aún apoyado en el marco de la puerta, tiró de su fular hacia él y la besó. Luego se enderezó y con mirada traviesa dijo–: Si no nos ponemos en marcha, puede que nunca lleguemos.

Momentos más tarde, iban por una bien iluminada calle Bondi. Pero Jake pasó todos los restaurantes habituales y giró por una calle residencial.

Por la ventanilla observó las casas de lujo.

–¿Adónde vamos?

Él se detuvo ante un muro de color crema. Detrás, pudo ver un amplio tejado rojo.

–Bienvenida al restaurante de Jake. Sede de excelentes platos y magníficas vistas –apretó un mando a distancia y el portón se abrió revelando una casa de dos plantas.

–Vaya –asimiló la vista mientras el coche se detenía bajo un garaje abierto. Había una larga curva de playa, oscura en ese momento salvo por unas luces que brillaban en el horizonte–. Es espléndida, Jake. Has conseguido tanto en tan poco tiempo –solo el emplazamiento valdría una fortuna.

Quitó la llave del encendido.

–El banco tiene una parte, pero ya lo estamos arreglando –se inclinó, le puso una mano en la nuca y con la otra le soltó el cinturón de seguridad. Y antes de que ella pudiera parpadear, fusionó sus labios–. ¿Me has echado de menos? –murmuró sobre sus labios. ¿Cuándo había formulado una pregunta semejante? Y se sintió tontamente feliz al notar que la boca de ella sonreía.

–Sí –jadeó.

Los dedos impacientes encontraron el bajo del jersey y se lanzaron a sentir la firmeza y calidez de su torso y la curva bajo los pechos. Los pezones se contrajeron cuando jugó con ellos. Su cuerpo sentía la misma urgencia.

–Emma… –su mente registró ese sonido casi sin aliento como su propia voz–. Yo también te he echado de menos –le soltó el sujetador, se lo subió y se dio un festín con el sabor dulce de un pezón que comenzó a succionar. Deslizó la mano entre los muslos de ella, apoyó la palma con fuerza contra ese montículo que había bajo los vaqueros y la sintió temblar y arquearse en respuesta.

De pronto supo que si no bajaba del coche en ese instante, la tomaría allí mismo antes de que pudiera prevalecer su cordura.

Maldiciendo, abrió la puerta del acompañante.

De algún modo los dos consiguieron bajar y juntos trastabillaron hacia la casa.

En un instante la tuvo contra el muro, las bocas pegadas, la palpitante erección presionando el vientre suave antes de que ninguno supiera lo que estaba pasando.

Emma tenía las pupilas oscuras y dilatadas cuando alzó la cabeza para mirarla y abrirle el botón de la cintura de los vaqueros.

Ella le devolvió el favor mientras hacía lo mismo.

Se oyó el sonido de las cremalleras al liberarse mutuamente. Y entonces la alzó contra el muro y penetró en ese calor familiar, con la lengua imitando la acción al invadirle la boca y ahogarse en su sabor.

Veloz, furioso, frenético. Sin tiempo para pensar. Solo lujuria, una pasión y un placer ciegos. Pero la necesidad que Emma invocaba en él a medida que se alzaba en la ola de la finalización, esa desesperación, como si le estuviera arrancando algo muy profundo, era algo que se hallaba más allá de su experiencia.

Momentos después, con el cuerpo aún zumbándole, la posó sobre los pies y apoyó la frente contra la de ella.

–¿Qué es lo que sucede contigo? No consigo saciarme… –de pronto se paralizó. Protección. En ningún momento había pensado en la seguridad–. Acabamos de tener sexo sin protección.

–Sí, no usamos preservativo –no pareció inquieta ni alarmada. Sus ojos estaban despejados y serenos.

–Si… si sucede algo…

–No pasará. Yo sigo tomando la píldora.

–No me lo contaste –se relajó un poco.

–No lo preguntaste –volvió a subirse los vaqueros.

–Debería haber tenido más cuidado. Siempre uso preservativos –pero no en esa ocasión.

–Yo me ocupo de mi propia protección –indicó ella.

Se pasó una mano por el pecho.

–Hace frío aquí –cruzó los brazos–. ¿Podemos entrar?

–Puedes echar un vistazo mientras yo cocino –invitó él.

Empleó el tiempo a solas para reorganizar sus pensamientos mientras exploraba el hogar de Jake. La decoración era esencialmente masculina pero cómoda.

Los dormitorios de la primera planta estaban casi vacíos, menos el de Jake. Una cama enorme dominaba la estancia.

Una vez que terminaron los entrecots acompañados con una sana ensalada y un delicioso *cabernet sauvignon,* él recogió la mesa.

–¿Por qué no vas a ponerte cómoda en el sofá mientras preparo café?

Al regresar con el café y un cuenco con chocolates negros, ella se acurrucó contra él en el sofá. Fue cerrando los ojos poco a poco y unos momentos después sintió que comenzaba a flotar...

–Estás cansada –murmuró Jake–. Quédate a pasar la noche aquí.

El hechizo bajo el que estaba cayendo se hizo añicos como el cristal. Mantuvo los ojos cerrados pero su mente se puso alerta. Ese era el mundo real, y en ese mundo real… estaba enamorándose de ese hombre.

–Vuelves a pensar demasiado –le acarició el cabello–. No te hará falta pijama y tengo un cepillo de dientes extra–. Bueno… ¿pasarás la noche aquí?

–No puedo –dijo en un susurro, abriendo los ojos.

Él frunció el ceño.

–Por la mañana te llevaré de vuelta con tiempo de sobra.

–Nos veremos, Jake, pero no pasaré las noches aquí.

Un breve silencio.

–No soy Wayne, Emma.

–Lo sé. Solo necesito mi espacio un tiempo. Esto va demasiado deprisa –le acarició la mejilla–. ¿De acuerdo?

–De acuerdo. No te presionaré. Es demasiado pronto. Lo entiendo. Pero si cambias de idea…

Ella asintió, sintiendo que se quedaba sin fuerzas.

–Gracias. Pero tienes razón. Estoy cansada y, si te parece bien, ahora me gustaría ir a casa.

–Iré a buscar las llaves.

Capítulo Doce

Después de nadar un rato en un mar calmo, regresó hasta donde tenía la toalla playa arriba.

Jake había ido a verla la noche anterior, tarde y agotado. Atareado con su trabajo diurno y encargándose de la venta del club le estaba pasando un precio. Ella había preparado palomitas de maíz y habían hecho el amor… en el sofá, en la diminuta ducha, en la cama demasiado pequeña. Pero él no se había quedado. Y ella había sido incapaz de dormir el resto de la noche.

Solo en ese momento, con Jake en su vida, empezaba a darse cuenta del aislamiento que había permitido que la envolviera con los años. Necesitaba hacer un mayor esfuerzo para salir y activar su vida social.

Se recogió el cabello en una coleta y en el vestuario se quitó el bañador y se puso el chándal, guardando todo en la bolsa.

En un día tan hermoso, no quería irse a casa a ocuparse del negocio, alejada de la gente y de la vida. Compraría un chocolate de camino. Quizá añadiera una tarta al pedido y se sentara a una mesa a mirar a la gente en Coogee Beach Road.

Se acercaba un hombre grande con un perro negro y blanco de una correa cuando llegó al semáforo.

Él la saludó y ella se subió las gafas de sol. ¿Jake? ¿Con un perro?

Le devolvió el saludo y de pronto el sol pareció mucho más cálido. Todo el mundo pareció más luminoso. La miraba como si quisiera comérsela.

Cruzó la calle y la besó allí mismo, en la acera.

–Hola, bombón –dijo cuando la soltó en busca de aire–. Mmm… sal.

Ella lamió su sabor familiar de los labios. Era una visión magnífica, incluso con una camiseta vieja y manchada con lo que parecían marcas de patas de perro. Se inclinó para palmear al precioso.

–No sabía que tuvieras un perro.

–Por desgracia, no es mío. Lo paseo para una vecina mayor que últimamente no puede salir mucho. Saluda a Seeker –palmeó la cabeza del animal–. Dale la mano, muchacho.

A la orden de Jake, Seeker se sentó y levantó una pata, mirándola con unos ojos enormes y cálidos.

–Pero si eres maravilloso –se puso en cuclillas para acariciarlo y recibió la recompensa de un beso húmedo–. Siempre, siempre quise tener un perro, pero mi madre se negaba.

–Yo sigo queriéndolo, pero con el estilo de vida que llevo, no sería justo para el pobre, así que recibo mi dosis paseando a Seeker.

–Voy a tomar un chocolate caliente. ¿Te apetece acompañarme?

–Sí –sonrió de forma contagiosa–. Todavía no he desayunado, ya que tuve que darle a Seeker su baño perruno.

–¿También lo peinas?

–Es parte de la diversión. Los domingos por la mañana lo tengo todo para mí, a menos que esté fuera de la ciudad. Hay un parque a diez minutos a pie. Allí puedo soltarlo.

–Entonces, ¿cómo es que nunca te he visto por aquí?

–Por lo general no vengo tan lejos. De hecho, iba de camino a verte a ti. Buena sincronización... esperaba encontrarte a tu vuelta de la playa. Si no, iba a ir a tu casa y a interrumpirte sin pudor.

–¿Oh? ¿Por qué?

–¿Es que un chico no puede ver a su chica favorita? –ella se ruborizó y su sonrisa fue lo mejor que había visto toda la mañana.

–Creía que habías dicho que hoy ibas a ir al club.

–Luego –había retrasado el encuentro con el comprador un par de horas... algo que jamás había hecho por otra mujer–. Pero aquí estás, así que vayamos por ese desayuno que prometiste y llevémoslo al parque.

–¿Que prometí? Yo nunca te prometí un desayuno.

–De acuerdo, tú pagas el chocolate y yo me ocupo del resto.

Llevaron el chocolate y dos porciones de bizcocho espolvoreado con azúcar al parque. Compartieron media hamburguesa de beicon y huevo con lechuga y mayonesa y dejaron que Seeker se devorara la otra mitad.

Después de jugar con el animal, Jake sugirió que

fueran andando a devolverlo y luego, de camino al club, la dejaría en casa.

Se dirigieron hacia Bondi.

Llevaban siendo amantes desde hacía poco más de una semana. Desaparecida la excitación inicial después de esos frenéticos encuentros, Jake había esperado que la atracción disminuyera de algún modo, como sucedía de forma invariable. Pero no había sido así.

Ni en un millón de años se le ocurriría decirle a una mujer que fueran al parque a jugar con un perro un domingo por la mañana. Con Emma surgía de forma natural.

–Espero que no estuviera preocupada –dijo cuando llegaron ante la puerta de la casa de la señora G.

–Claro que no, Jake –la dama de cabello blanco dedicó su sonrisa a Emma–. Y has encontrado a tu amiga.

–Señora G, quiero presentarle a Emma. Emma, te presento a Grace Goodman... todo el mundo la llama señora G.

–Encantada de conocerte, Emma. Jake esperaba encontrarse contigo.

–Lo mismo digo. Hemos pasado una mañana deliciosa.

–No sé cómo me arreglaría sin este joven –le dijo la anciana–. Se ha ocupado muy bien de nosotros desde que murió mi Bernie. El año pasado me rompí la cadera y ya no puedo salir tanto como antes.

Se despidieron de la anciana y luego subieron al coche.

Dejó a Emma primero en casa. Pero se demoró para un beso prolongado antes de soltarla.

–Te veo esta noche.

El martes Emma tenía programado el día libre… y la primera cita para comer con Jake.

Como él tenía que ver a clientes toda la mañana, habían quedado en que ella fuera a su oficina, que compartía con otros dos profesionales en un edificio respetable en el corazón comercial de la ciudad.

Subió hasta la planta catorce y salió a una luminosa zona de recepción con amplios ventanales y vistas del Harbour Bridge entre los rascacielos. Una mujer de cabello oscuro con ojos exóticos que insinuaban ascendencia asiática la saludó con una sonrisa profesional detrás de un escritorio.

Ella le devolvió a sonrisa.

–Soy Emma Byrne y he quedado con Jake Carmody.

–Oh, Emma, hola –la sonrisa profesional adquirió una expresión amigable–. Soy Jasmine. Jake me dijo que te esperara. En este momento se encuentra con alguien. ¿Puedo traerte un café o algo mientras esperas?

–Gracias, estoy bien.

–Y gracias por enviar los jabones. Han tenido un gran éxito. Estoy preparando una lista de gente que quiere comprar más.

–Eres muy amable.

–¿Seguro que no quieres un café?

–Admiraré la vista.

–No es tan espectacular como la del sitio al que iréis a comer. Yo hice la reserva –bajó la voz.

–No he oído nada.

En ese momento sonó el teléfono.

–Discúlpame un momento.

Diez minutos más tarde, Jasmine seguía con la que parecía una llamada compleja.

Justo cuando estaba pensando que tal vez deberían postergar el almuerzo por lo ocupado que se hallaba, oyó que se abría una puerta y la voz de Jake en el corredor.

–... de nada, y no te preocupes. Todo va a ir bien.

–Gracias, Jake –dijo la voz de una mujer–. Por todo –la voz le tembló–. Me has dado la oportunidad de empezar de nuevo y nunca lo olvidaré.

–Por el momento, elimina todo de tu cabeza y concéntrate en pasar tiempo con Kevin mientras yo pongo todo en marcha.

La mujer apareció primero. Llevaba unos vaqueros una talla grande en su cuerpo delgado y una camiseta negra y vieja que se le caía por un hombro. Tenía el cabello recogido en un moño y a un crío apoyado contra una cadera.

Jake la acompañó hasta los ascensores del otro lado de la recepción y le apretó un hombro flaco cuando ella entró en un habitáculo.

Entonces Emma recordó dónde la había visto. Era la camarera del Pink Mango. Cherry.

Era obvio que una mujer con sus ingresos no podía permitirse pagar la minuta de los servicios de

Jake; sin embargo, él la trataba con la atención y el respeto que le dedicaría al mejor de los clientes.

En ese instante se volvió y la vio; se le iluminó la cara.

–Emma. Lamento haberte hecho esperar. Una demora inesperada.

Le indicó a la ocupada Jasmine que se iban. Una vez en la calle, pararon un taxi e hicieron el breve recorrido hasta la Centre Point Tower.

Ella alzó la vista hacia el famoso hito, tan alto como la Torre Eiffel.

–¿Subiremos ahí?

–Sé que odias las alturas, pero estoy seguro de que disfrutarás de la comida –dijo mientras iban hacia uno de los ascensores que llevaba a los turistas hasta las plataformas de observación–. No mires hasta que hayamos llegado.

Lo tomó de la mano y le dijo:

–Quizá ya es hora de que lo haga.

Y no cerró los ojos durante todo el trayecto hasta la cima... que pareció durar una eternidad. El restaurante giratorio de trescientos sesenta grados ofrecía unas vistas magníficas de Botany Bay y llegaba hasta las mismas Montañas Azules.

Jake pidió vino blanco y un entrante de mariscos variados para compartir.

–¿Tienes algún otro plan para tu día libre? –preguntó él, dejando el menú sobre la mesa.

–Tengo una cita con un cliente a las dos y media.

–¿Un cliente nuevo? –se adelantó, interesado–. Es estupendo, Em. ¿Dónde?

–Es una tienda nueva de productos naturales en el centro comercial donde trabajo.

–Por el éxito –alzó la copa.

–Por el éxito –entrechocaron las copas.

–Emma, he estado pensando en que des a conocer tus productos. Dejar que la gente los pruebe. ¿Por qué no le preguntas a una de las tiendas a las que suministras que te permita montar un expositor un sábado por la mañana o por la noche? Yo te echaré una mano. Ya que son nuevos, puedes sondear el lugar al que vas a ir hoy, a ver si están interesados.

En ese momento llegó la bandeja con mariscos y ella eligió una gamba.

–Es una idea.

–Primero deberíamos montar un sitio web, por si los clientes preguntan por él, e imprimir tarjetas comerciales para que puedan contactar contigo.

–¿De verdad crees que mis productos son tan buenos como para tomarse tantas molestias?

Le apuntó con la pata de un cangrejo.

–Nunca lo sabrás si no te lanzas. Cariño, ten un poco de fe. En ti misma y en tus productos.

–Lo intento. Pero no estoy acostumbrada a que otros compartan mi entusiasmo y todavía me estoy habituando.

–Empezaremos esta noche –decidió él–. Iré a verte cuando hayas llegado a casa y trazaremos planes.

–Eres muy generoso con tu tiempo, Jake. Como si no tuvieras suficientes cosas que hacer con tu trabajo además de atar los cabos sueltos del club. ¿Estás seguro?

–Por supuesto. Quiero ayudarte de cualquier modo que pueda.

–Es evidente que también Cherry considera que eres maravilloso.

Pareció un poco aturdido.

–¿Conoces a Cherry?

–La reconocí del club. Aunque no sabía que tenía un hijo. Supongo que no piensas en la gente de esa industria como madres con una vida corriente fuera de ese ambiente. Parecía bastante abatida... –agitó una mano–. Lo siento, no es asunto mío.

–Cherry y su hijo fueron desahuciados de su casa hace un par de semanas. Vino a pedirme ayuda.

Emma entendía muy bien esa sensación y esa desesperación. Había tenido que trabajar después del instituto para pagar las facturas porque su madre estaba demasiado deprimida para levantarse incluso de la cama durante semanas seguidas.

–Es una sensación desgarradora. ¿Entonces Cherry fue a verte? –recordó la voz trémula y aliviada de la mujer en el exterior del despacho de Jake. Veía al mismo hombre que veía Emma. Un hombre abordable, honesto, alguien en quien podía confiar para que la ayudara a ella y a su hijo en un momento de necesidad desesperada. Un hombre generoso–. Muestra la alta consideración en la que te tiene.

Pero él movió la cabeza como si no fuera nada.

–Necesitaba un lugar para pasar la noche con Kevin. Le dije que había una habitación en la parte de atrás del club que podía usar hasta que se nos ocurriera algo. Por el momento se quedará allí.

–¿Y qué sucederá después? Es evidente que eso no podrá funcionar para siempre.

–He comprado un lugar. Necesita cierta rehabilitación, pero voy a emplear la venta del club para financiarlo. Hospedaje temporal para gente como Cherry hasta que puedan levantarse. Le he preguntado a ella si lo dirigiría. Eso la sacaría de la escena de los clubes nocturnos. He estado en ese club de *striptease* una buena parte de mi vida, Emma. Viendo ir y venir a mujeres con sus hijos. La falta de poder que tenían sobre sus propias circunstancias… queriendo hacer algo para romper ese ciclo. Por eso estudié derecho.

–Deberías ir con cuidado, Jake, una mujer podría enamorarse perdidamente de un hombre como tú.

Él alzó la vista y el corazón le dio un vuelco.

–No una chica como tú, Emma. Eres demasiado lista para eso.

–¿Por qué no una chica como yo? –preguntó antes de llevarse una aceituna a la boca.

«Ve con cuidado». Lo último que necesitaba Emma en ese momento era otra grieta en su corazón.

–Los dos le damos prioridad a nuestras carreras –evitó su mirada–. Trabajar y jugar duro.

Pero, ¿los buenos ratos era lo único que tenía en común con Emma? Nunca había hablado con nadie sobre su infancia ni por qué había elegido estudiar abogacía. Ni siquiera con Ryan, a pesar de que éste conocía el negocio de su padre. Sin embargo, lo hacía con Emma. Pero ella no necesitaba conocer toda su historia vital.

Desterró esos pensamientos y se bebió lo que quedaba de vino en su copa.

–Háblame más de esa tienda que has descubierto que va a ayudar a lanzar a la estratosfera tu nueva carrera…

Mientras conducía a casa, la mente de Emma bullía. La nueva tienda estaba encantada de que promocionara sus productos con un expositor… y encima el viernes siguiente, para que coincidiera con su primera semana desde que la inauguraron.

Jake era el único que alguna vez había mostrado interés y que la había inspirado a dar ese paso. Con su ayuda quizá lograra que funcionara. No. Lo haría funcionar.

Él había crecido en ese club de *striptease.* ¿Durante cuánto tiempo? ¿Su madre había sido una *stripper*? ¿Hacía cuánto que no la veía?

No se había permitido interesarse en su pasado porque lo que tenían se basaba en el presente. Pero en ese momento ya no podía soslayarlo . Su pasado lo había moldeado en el hombre que era. Podía ser divertido y extrovertido, pero ahí también había sombras.

Cambió de dirección y se dirigió a su casa. Había tantas cosas más que quería saber.

Capítulo Trece

Emma apretó el telefonillo que había en el muro en el exterior de la casa de Jake.

–Soy yo –dijo cuando contestó–. Ábreme.

Al llegar a la puerta del hogar él la esperaba, desnudo salvo por una toalla anudada a la altura de las caderas.

–Creía que habíamos quedado en tu casa, pero si has venido a compartir mi ducha… –la sonrisa sexy se desvaneció al ver que ella no sonreía–. ¿Sucede algo? ¿No funcionó con los clientes nuevos?

–No, no, nada de eso. Todo fue muy bien y te lo contaré más tarde. Pero… –movió una mano–. ¿Podemos hablar?

–Vayamos al salón.

Lo siguió y fue directamente hasta la ventana, donde miró el mar y respiró hondo para calmarse. No sabía cómo iban a salir las cosas, pero se trataba de algo demasiado importante para soslayar.

–He estado pensando en lo que dijiste esta tarde –comenzó despacio–. En Cherry y en el lugar que has comprado. En lo importante que es para ti.

–Lo es, sí. ¿Representa eso un problema para ti?

–Claro que no –se volvió para mirarlo–. Pero, ¿por qué comprar un lugar? ¿Por qué implicarte personalmente? ¿Por qué no donarlo a una ONG para los sin techo? ¿Por qué es tan importante?

Jake escuchó las preguntas y, para su sorpresa, descubrió que quería responderlas, que ella las escuchara y entendiera.

Cruzó la habitación, la tomó por los hombros con suavidad y la guió hacia el sofá.

–Siéntate –se sentó junto a ella y respiró hondo otra vez–. Yo he vivido allí, Em. La parte de atrás de ese club de *striptease* fue mi hogar. Así que sé de primera mano lo que es sentirte impotente.

–Oh... Jake. ¿Cuánto tiempo?

Se encogió de hombros, siempre incómodo con las muestras de simpatía. Pero no era eso lo que ella ofrecía. Le daba apoyo y la disposición a escuchar con mente abierta.

–Tenía cinco años cuando mi madre se marchó en plena noche. Aún no había empezado a ir al colegio. No tenía amigos. No puedo culparla. Earl la engañaba con la puntualidad de un reloj. Ella hacía los turnos de noche limpiando oficinas, así que vi a todo tipo de mujeres entrar y salir de nuestro apartamento. Una noche, simplemente ya no volvió a casa. Fue como perder un brazo.

Emma no habló, pero sintió la calidez que proyectó.

–Me sentí solo y aislado... después de todo, no podía pedirle a los compañeros del colegio que vinieran a jugar. Al crecer, entendí lo que había pasado y juré que jamás sería como él –cerró las manos sobre sus muslos–. Pero la única persona con la que yo contaba, a la que quería y en quien confiaba, me había abandonado allí. No me llevó con ella y eso dolió como mil demonios.

Dejó que las manos de ella cubrieran sus puños y la miró a los ojos húmedos.

–Tu madre permaneció en un matrimonio sin amor, Emma, pero se quedó. Incluso una madre que te causa dolor es mejor que ninguna... al menos la tuya tuvo cierta compasión, cierto sentido de la lealtad. Aunque esa es solo mi opinión. Siempre vamos a verlo desde nuestra propia perspectiva.

–¿Cómo sabes que se fue a Sudamérica? –musitó–. ¿Volvió por ti?

–Una vez, cuando yo tenía diez años, envió una postal. Nuevo continente, nuevo marido, nueva vida. En cualquier caso, después de que abandonara a Earl, no le vimos el sentido a pagar dos alquileres y nos mudamos a la parte de atrás del club. Al menos tuve un techo y comida.

–Un niño viviendo en la parte de atrás de un club de *striptease* –suspiró–. ¿Y las autoridades nunca descubrieron a Earl?

Se encogió de hombros, recordando las ocasiones en que lo habían llevado a la casa de un desconocido en mitad de la noche.

–Earl era inteligente. Siempre iba un paso por delante. Y no fue tan malo –continuó–. Las chicas a veces solían hacerme el desayuno antes de irse a casa. Me ayudaban con mis deberes.

–Tu adolescencia debió de ser bastante confusa. ¿Cómo hiciste frente a todo?

Se frotó la nuca.

–Me volví reservado. Estudié. Juré que un día me largaría. Tenía diecisiete años cuando me fui y encontré un trabajo a tiempo parcial y una habitación de alquiler.

–Jamás entenderé a una madre abandonando a alguien de su propia sangre.

Recordó el dolor de aquel rechazo y el abandonó que jamás había logrado superar.

–Porque cuando me miraba a mí lo veía a él.

–Ah… –se acercó–. Pero tú no eres él. Y ella se ha perdido conocer a alguien asombroso –le pasó los dedos por el pelo–. Tú eres amable y generoso. También un hombre íntegro y no permitas que nadie te diga lo contrario.

Lo emocionó que, incluso conociendo su pasado, ella no juzgara.

–Usar mi herencia para pagar una casa segura es un modo de reparar esa injusticia. Mi madre no se benefició, pero otras lo harán –la atrajo a él y la calidez de Emma desterró el frío que sentía–. Necesito esa ducha –entre el agua y las manos de ella podría eliminar esos recuerdos que ya no tenían sitio en su vida–. ¿Quieres frotarme la espalda?

–¿Eso significa que yo también me tengo que desnudar?

–A menos que quieras conducir a casa chorreando o en mi albornoz.

«O podrías quedarte aquí…».

Pero no lo dijo. Quizá ella ya estuviera preparada para oírlo, pero esa noche no quería ningún tipo de rechazo. Le desabrochó la parte superior de la blusa.

–¿Sabes una cosa? –le dio un beso en el torso–. Incluso me quedan algunos jabones de mi reunión de esta tarde –lo lamió hasta dejar un rastro húmedo que le llegó al cuello–. Estoy probando una fragancia nueva… –bajó las manos a sus caderas y trazó pequeños círculos con las manos a través del algodón de la toalla–. Noches Egipcias. Almizcle y sándalo –le rozó la creciente erección–. Será como un viaje de descubrimiento –susurró, apartando la toalla–. Solos nosotros dos –se bajó la cremallera y dejó que el vestido cayera al suelo. Se quitó las braguitas y el sujetador–. Marchando un frotamiento de espalda.

En la casa de Emma esa noche, trabajó con ella en el diseño del sitio web llamado Naturally Emma. Bebieron café instantáneo, encargaron tarjetas de visita y diseñaron la página. Los ayudó a no pensar en la conversación anterior. Mientras trabajaban, entre ellos había un entendimiento nuevo, un silencio cómodo.

Emma sacó fotos de sus productos para que Jake los subiera al ordenador. Prácticamente se subía por las paredes de entusiasmo. Y de nervios.

–¿Dónde guardaré las existencias adicionales.

–Encontrarás un lugar. Si la necesitas, tengo una habitación vacía bajo la casa.

–¿Y si esto me estalla en la cara? ¿Cómo lo mantendré?

–Esa es la confianza que me gusta oír –sonrió–. Dejarás tu trabajo de día y contratarás a alguien para que te ayude –estiró los brazos por encima de la cabeza y luego le tomó una mano–. Te irá bien. Si necesitas ayuda, me tienes aquí.

–No sabes cuánto significa para mí saber que estás conmigo en esto.

Como de costumbre, él prescindió del halago con un encogimiento de hombros.

–No es nada. Mañana por la noche te tendré lista la página web para que le eches un vistazo.

Al día siguiente a la hora del almuerzo, Emma fue al centro comercial para concretar cosas con la tienda, retirar las tarjetas de visita de la imprenta y por la noche se reunió con Jake y aprobó la página web.

Naturally Emma. Mientras miraba la pantalla, se mordió los labios, casi sin creer que estuviera pasando de verdad.

–Solo quedan dos noches –cruzó los brazos.

–Vendré a recogerte –se puso de pie–. Pero he de irme. He de ponerme al día con mi propio trabajo.

–Lo siento. He monopolizado tu tiempo.

–En absoluto. Me alegro de haber podido ayudar –la acercó para darle un beso rápido–. Duerme un poco.

El centro comercial bullía con compradores cuando Emma y Jake llevaron las cajas a las cinco y media del viernes. Las luces brillaban en el escaparate de la tienda.

Kelsey, la propietaria del local, había preparado una mesa para los productos justo en la entrada y atendía a una clienta cuando llegaron. Sonrió y los saludó con un gesto de la mano cuando los vio.

Ella tragó saliva, sintiendo la boca súbitamente reseca.

–¿Te importaría traerme una botella de agua? Olvidé la mía.

–Claro –él dejó la caja que había estado vaciando–. Vuelvo en un momento.

Kelsey, con su ondulado cabello rojo y sus gafas sin montura, se acercó cuando Jake se marchó.

–Tu chico es una superestrella.

Su chico. Emma fue a negarlo, pero se contuvo. El corazón le dio un vuelco.

–Nada de esto habría tenido lugar sin su apoyo –extrajo una cesta llena de jabones y envuelta en celofán y la extendió–. Esto es para ti. Puedes llevártelos a casa. Regalárselos a amigos. Lo que quieras. Espero que tu nueva empresa sea un éxito.

–Oh, Emma, gracias. Es preciosa –admiró la cesta con una sonrisa–. Creo que a las dos nos irá bien.

Jake frenó al acercarse, observando a Emma interactuar con los clientes. Sonreía y mantenía la calma. Era la chica más sexy del centro comercial. Movió la cabeza. Sin importar lo que ella dijera, Emma era una mujer hecha para corazones, flores y palabras bonitas, y empezaba a descubrir, para su sorpresa, que anhelaba dárselos.

Después de completar la venta que llevaba a cabo, un hombre vestido con un traje a la moda se detuvo ante su mesa.

Vio que Emma sonreía un poco más. Que se echaba el cabello para atrás mientras hablaba. El guaperas se acercó aun más mientras escuchaba asintiendo. Alzó una flor de jabón y la olió.

Jake frunció el ceño y no perdió el tiempo en acercarse a la mesa.

–Lamento la tardanza, cariño –enfatizó esa palabra mientras le entregaba al agua; luego asintió en reconocimiento de la presencia del otro–. Hola –extendió la mano–. Jake Carmody. Contable de Emma.

El hombre le estrechó la mano.

–Daniel McDougal.

Emma dejó el agua a un lado y lo miró desconcertada.

–Jake, Daniel es de Brisbane. Posee una gran cadena de alimentación sana y está interesado en probar mis productos allí.

–Eso suena estupendo –volvió a asentir–. Dejaré que ultiméis los detalles, entonces –apoyó una mano con firmeza en el hombro de Emma y la dejó allí unos segundos más de los necesarios–. Si me necesitas, tengo el teléfono encendido. Volveré para ayudarte a guardar las cosas.

–¿Mi contable? –repitió de camino a casa.

–Sí –se preguntó por qué diablos se había mostrado tan posesivo. Nunca lo hacía. Desterró la idea inquietante de su cabeza y se concentró en el tráfico–. Porque vendré el lunes por la noche a repasar tus libros de contabilidad –si la empresa iba a triunfar, desde el principio Emma iba a necesitar a alguien en quien confiar que la ayudara en la faceta financiera.

–Oh. De acuerdo. Gracias. Y gracias por lo de hoy.

–Ha sido un placer.

El sábado Emma se puso al día con todas las cosas que había descuidado, como hacer la compra, la colada y limpiar la casa. Por la noche, Jake la llevó a una cafetería apartada donde la pasta estaba caliente y el jazz era estupendo.

También se vieron los días siguientes. Pero Emma empezó a preguntarse cuánto iba a durar. ¿Cuánto pasaría antes de que se cansara de ella? Como le había pasado a su padre con su madre y a Wayne con ella. Un hombre como Jake, atractivo y a rebosar de carisma, podía tener a la mujer que quisiera.

Nunca había mencionado nada duradero. «No mires demasiado al futuro», le había dicho. «Disfrutemos del momento.»

Y era un momento asombroso.

Cuando llegara el instante de la separación, podría sobrellevarlo. Pasara lo que pasara, estaría bien. Porque él la había cambiado, la había convertido en un mujer segura capaz de enfrentarse a la vida de cara.

Lo amaba. Pero una mujer inteligente sabía cuando dicho amor no era correspondido.

***

Cuando Jake llegó el lunes por la noche, Emma parecía algo más que un poco agobiada.

Se dieron un beso en los labios antes de que ella se separara con un suspiro.

–Esto es imposible –dijo, yendo hacia su rincón de trabajo en la mesa del salón. Agitó un fajo desordenado de papeles–. No puedo con los números. Es un lío.

–Primero, cálmate –le tomó las manos–. Me dedico al derecho corporativo, lo que me convierte en un especialista en números. Prepara café mientras yo le echo un vistazo a tus libros.

–¿Libros? –preguntó con pánico–. No tengo libros. Tengo papeles. Montones y montones de papeles.

–De acuerdo. ¿Por qué no preparo yo el café mientras tú los reúnes. Luego podré echarles un vistazo. Y no te preocupes, para eso he venido.

Unas horas más tarde, él había organizado los papeles. Había instalado un programa de contabilidad en el portátil de ella e introducido los detalles. Lo único que le quedó entonces fue enseñarle a usarlo.

Jake apenas se había dado cuenta, pero en algún punto ella había terminado de guardar los papeles y de preparar otro café. Bebió un sorbo del suyo y lo encontró helado. Estirándose para eliminar la tensión de espalda y brazos, giró y la vio profundamente dormida en el sofá, con un libro sobre pequeñas empresas aún abierto en el estómago.

Los labios le hormiguearon con una dulce promesa. El corazón le latió más deprisa, despertando músculos abotargados. El deseo se desplegó en su vientre. Era asombrosa la necesidad que tenía de ella, que no menguara. De hecho, era más fuerte que nunca.

Pero solo le acarició el cabello sedoso. Emma necesitaba dormir. Se la veía pálida y agotada. Se dijo que debería marcharse y dejarla descansar. Pero no podía abandonarla en ese viejo sofá.

La alzó en brazos y la llevó a la cama. La depositó en el colchón y para su propia paz mental, la cubrió con el edredón hasta la barbilla.

Ella se movió y lo miró con ojos somnolientos…

Y fue como si Jake viera todos los días y las noches en un futuro de fantasía en el que despertaría y perdería su corazón una y otra vez cada vez que mirara en esas cautivadoras profundidades azules…

Cuando viera a mis hijos en sus ojos…

Un calor luminoso y desconocido penetró en lo más hondo de su corazón.

Amor.

Tenía que ser amor, ya que no podía tratarse de otra cosa. No lo había reconocido con anterioridad porque jamás lo había experimentado.

El amor siempre había sido una incógnita. Su infancia había sido de rechazo e indiferencia. Toda su existencia adulta había girado en torno a relaciones que nunca duraban.

Pero Emma le había abierto los ojos y el corazón a un mundo diferente, donde la vida tenía más sentido que el que nunca había imaginado.

–Jake... ¿Qué...? –el murmullo adormilado se desvaneció.

–Duerme, cariño –le susurró.

Él despertó antes del amanecer, todavía completamente vestido y encima del edredón. Emma estaba acurrucada contra él, tan cálida y suave como una gatita. Se levantó con cuidado de la cama y salió hacia la mañana gris perla.

Fue deprisa hacia su coche. Tenía planes que hacer antes de que empezara su día laboral.

Capítulo Catorce

Jake estaba abriendo un surco en el parqué del estudio de Emma. Había dejado la oficina a la hora de la comida y pasado por el trabajo de ella para pedirle una llave con el fin de poder trabajar en su ordenador. Emma le había dicho que llegaría a casa a las seis.

En ese momento eran las seis y veinte.

El pollo a la mostaza y la cazuela de orzo que había pedido en su restaurante preferido se hallaban en el horno. Una botella de su champán preferido se enfriaba en la nevera junto con dos bizcochos de *gourmet.*

El sonido familiar del motor de su coche le llegó por la ventana y de inmediato tomó el mechero y se dedicó a encender las velas.

Recogiendo la bolsa con pollo frito y vino espumoso del asiento del acompañante, se pasó el bolso al hombro y casi subió los escalones bailando. Estaba impaciente por contarle la noticia. No lo había llamado porque necesitaba decírselo en persona.

–Cariño, estoy en casa –entonó al empujar la puerta.

La invadió una fragancia herbosa y aromática. En la mesa, unas amapolas rojas sobresalían de un jarrón flanqueado por dos velas ya encendidas.

Jake servía dos copas de champán demasiado elegantes para haber salido de su armario. También él se veía elegante con unos pantalones negros ceñidos y una camisa blanca nevada que parecía que acababa de salir de una caja.

–Parece que te me has adelantado –dejó sus compras en un aparador y admiró las luces de las velas que se reflejaban en cristal y plata–. Esto parece perversamente romántico.

–Pensé que ya era hora que me arriesgara con la faceta romántica. No te importa, ¿verdad? –sonrió y se inclinó para plantarle un beso entusiasta en los labios.

–No me importa. Todo tiene que ver con asumir riesgos, ¿no? –jubilosa, se acercó al horno y espió lo que había dentro–. Y yo compré comida. Deberías haberme contado que planeabas una seducción.

–Quería sorprenderte.

–Lo has hecho. Y yo tengo...

–Todo listo. Siéntate.

No dio la impresión de escucharla. Decidió que ese no era el momento. Era obvio que se había tomado muchas molestias.

–Huele delicioso.

–Y sabe aún mejor –apartándole la silla, aguardó hasta que estuvo sentada, luego fue al horno. Sacó la cazuela. La dejó sobre la mesa y se sentó frente a ella. Le entregó una copa y alzó la suya–. Por la felicidad.

Se preguntó si esa noche los ojos de Jake eran diferentes. Profundos, oscuros... Quizá lo estaba imaginando.

Porque todo parecía diferente esa noche. Desde la puesta de sol hasta el mar. Todo se sentía diferente. Su vida estaba a punto de cambiar.

–Por la felicidad –bebió un sorbo y luego dejó la copa.

Se moría de ganas por hablar pero se contuvo. No quería estropear los planes de él para esa velada, las molestias que se había tomado en todos los preparativos. Extendió la servilleta sobre su regazo.

De modo que mientras cenaron, Emma le preguntó cómo le había ido el día. Le dijo que uno de sus colegas en la oficina tenía un caso de perfil alto y que él ya casi había terminado de introducir los datos de ella en el ordenador.

También hablaron de Cherry y de Kevin. Aquella con un par de chicas más iban a empezar a pintar el lugar la semana siguiente en su tiempo libre.

Cuando terminaron los bizcochos y disfrutaban del café, Jake decidió que era el momento propicio. Sus dedos se cerraron en el estuche que llevaba en el bolsillo.

–Emma, yo...

–Tengo noticias...

Hablaron al mismo tiempo.

Ella tenía las manos juntas bajo la barbilla. Los ojos le brillaban como estrellas, reflejando la luz de las velas.

Una premonición le recorrió la espalda a Jake y

de pronto sintió como si el suelo fuera a ceder bajo sus pies.

–Tú primero.

Emma adelantó el torso.

–Antes hablaste de asumir riesgos... en el romance. Ha sido precioso. Todo. Gracias por hacer que la velada fuera tan especial.

Él asintió sin hablar.

–Yo también he asumido un riesgo. Me han ofrecido un trabajo en Queensland. Un trabajo de verdad. Un trabajo que adoro, que he anhelado toda mi vida pero que no he tenido la oportunidad de desempeñar.

A Jake le estaba costando procesar las palabras. Agradeció estar sentado.

–¿Queensland?

–Lo sé. ¿No es estimulante? No me lo puedo creer.

Tampoco él.

–¿Dónde? ¿Quién? ¿Has hecho planes? –«¿sin discutirlos conmigo?».

–¿Recuerdas a Daniel McDougal? ¿Del centro comercial la semana pasada? Bueno, quedó tan impresionado con mis productos que los hizo analizar y todo, lo consultó con sus socios y me llamó esta tarde. Quiere invertir en mi línea y contratarme como consultora de enlace con su base de clientes alrededor de todo el estado.

Daniel McDougal. El Señor Guaperas.

–Pero, ¿qué sabes de él? ¿No te estás precipitando sin poseer todos los datos? Dios, Emma, no puedes simplemente...

–Resulta que es el primo de Kelsey. Ya sabes... la propietaria de la tienda donde expongo mis productos ahora. Hablé con ella y, para cerciorarme, comprobé los datos en Internet. El éxito de Danny allí es real.

Apretó la mandíbula. ¿De modo que ya era Danny?

–No tienes que tomar una decisión de inmediato, Emma –pero ella no parecía escuchar.

–Tiene tiendas por toda Australia. Me ha reservado un billete de avión para mañana con el fin de conocer al personal e inspeccionar la fábrica antes de comprometerme a nada. Me envió la información por correo electrónico. Tengo una copia aquí mismo. Como tú eres el experto, te agradecería que le echaras un vistazo –sacó los papeles del bolso y los dejó sobre la mesa.

Por supuesto que los iba a estudiar. Los recogió con una contención que distaba mucho de sentir.

–Esto no es algo a lo que simplemente le dices sí, Emma –hojeó el primer par de folios–. Hay otras consideraciones a tener en cuenta –«Nosotros, para empezar».

–Por supuesto, y lo sé. Jake, deja esas hojas y mírame.

Lo hizo. Jamás la había visto tan feliz. Ese brillo en los ojos, el resplandor en las mejillas.

–Nosotros tenemos algo especial –dijo–. Pero soy lo bastante realista como para saber que solo fue algo temporal. Tú mismo dijiste que lo que me importa es mi carrera. Esta oportunidad de hacer algo significativo con mi vida es lo que he estado esperando. Y de no ser por ti, jamás habría tenido el valor de lanzarme por ello. He de intentarlo o todo habrá sido por nada. ¿Lo entiendes?

Jake cerró las manos bajo la mesa.

–Sí –ella pensaba con la cabeza, no con el corazón... estaba haciendo lo correcto. Sabía que debía intentarlo. Porque si le decía que la amaba y que se quedara y hacía que se perdiera su gran oportunidad, jamás se lo perdonaría a sí mismo. Se obligó a sonreír–. Estoy orgulloso de ti, Emma. Has llegado muy lejos.

La sonrisa de ella y el brillo en sus ojos se apagaron un poco.

–Es una decisión tan importante, y debo tomarla sola, pero... Oh, Jake, yo... –se mordió el labio–. Yo... casi desearía poder pedirte que tomaras la decisión por mí. Conmigo.

Maldijo para sus adentros y supo que debía marcharse pronto, ya que no confiaba en sí mismo para no intentar que cambiara de idea.

–Esa que habla es la vieja Emma. No le hagas caso. Sabes lo que quieres, así que ve por ello –un destello de su madre aleteó en su memoria. También ella lo había dejado–. Emma, eres una mujer muy especial y he disfrutado de estar contigo. Pero las circunstancias parecen haber tomado la decisión por nosotros. Y quiero que vayas. Quiero que tengas esa oportunidad de brillar porque sé que lo harás.

Se levantó, recogió la chaqueta de la silla y se la puso... nunca se había sentido tan frío.

Recogió los papeles que le había dado ella.

–Los estudiaré y me pondré en contacto contigo.

–Jake, espera –se incorporó con los ojos muy abiertos–. ¿Por qué te vas tan pronto. ¿No acabas de decirme que tenías algo que contarme? Me dejaste hablar primero… ahora es tu turno.

–Iba a contarte que yo también me voy… mañana a primera hora. Un cliente ha establecido un negocio en Melbourne y quiere mi consejo –la tomó en brazos y besó sus labios hermosos solo una vez. Inhaló la fragancia de su champú, le acarició las mejillas sedosas, retrocedió y la miró a los ojos una última vez–. Ve, Emma, y haz que me sienta orgulloso de ti.

Capítulo Quince

Emma bostezó cuando el taxi la dejó en la puerta de su casa a las diez de la noche del jueves. Introdujo el código de seguridad y al subir por el empedrado, vio que su madre salía por la puerta de atrás.

Justo lo que necesitaba en ese momento; no obstante, pegó una sonrisa en su cara.

–Hola, mamá. Has vuelto.

–Ayer. Recibí tu mensaje. ¿Cómo estaba Brisbane?

–Caluroso y pegajoso –y solitario.

–Jake pasó esta tarde para dejar esto para ti –extendió un sobre grande–. Dijo que prefería dejármelo a mí que meterlo en el buzón.

–Gracias –frunció el ceño–. Creía que se iba a Melbourne –supuso que debía haber sido una estancia de un día. No esperó a estar sola. Necesitaba saber qué opinaba de la oferta de empleo, leer su caligrafía. Cualquier cosa.

Sacó los documentos. En la primera hoja había pegado una nota.

Hola, Em. Todo parece correcto.

Recuerda, sigue tu instinto… si consideras que está bien, adelante. Y buena suerte.

J.

Emma contuvo unas lágrimas al volver a guardar los papeles en el sobre. Cuarenta y ocho horas atrás había pensado que la oferta recibida valía más que el oro. En ese momento sabía que no era así. Una carrera exitosa era algo vacío si no podía compartirla con el hombre al que amaba.

Frotándose el frío en los brazos, alargó la mano hacia el asa de su maletín.

–Pasa unos momentos –se volvió y comenzó a caminar hacia la cocina.

Al entrar, encontró la cocina cálida y con olor fresco a bizcocho de canela. Hacía años que no olía esa agradable fragancia hogareña en esa cocina.

Su madre sacó un cartón de leche de la nevera.

–¿Te apetece un chocolate caliente? A mí me vendría bien uno.

–Gracias –se sentó a la mesa–. Has estado cocinando.

–Stan viene a Sídney el domingo –introdujo leche en el microondas y cortó unas porciones del bizcocho.

Emma aceptó una y dio un bocado.

–Mmm, delicioso –se limpió los dedos–. ¿Cuánto tiempo va a quedarse Stan?

–Aún no está seguro.

–¿Se queda aquí?

–Sí –su madre removió el polvo de chocolate en la leche caliente, llevó las tazas a la mesa y se sentó.

Emma juntó las manos en torno a su taza y sopló.

–Huele bien. Entonces… ¿las cosas van bien para vosotros dos?

–Tenemos mucho en común.

–Es estupendo, mamá. ¿Qué planeas mientras esté aquí?

–Iremos paso a paso. ¿Y Jake y tú?

–Él... Nosotros... –se tragó el nudo que subió por su garganta.

–¿Fue el error que pensaste que podría ser?

Sin levantar la vista de la taza, respondió:

–Fue una de esas cosas para eliminar del sistema... –con la salvedad de que no lo había logrado.

–¿Así que te vas a ir a trabajar a Brisbane?

–Pensaba que sí. Pero he cambiado de idea.

–¿Por qué? –miró atentamente a su hija.

–Mamá, ¿por qué te quedaste con papá cuando tenías tantos motivos para no hacerlo?

–Porque tenía dos hijas.

–Y nos hiciste pagar por tu infelicidad –apretó la mandíbula–. Cada día de nuestras vidas –vio a su madre encogerse.

–Sí, lo hice –dejó la taza y cruzó los brazos en el borde de la mesa–. Y lo lamento. Estaba equivocada.

La estudió pensativa. La madre de Jake había abandonado a su hijo y había sufrido las consecuencias toda la vida. La suya se había quedado, aunque hubiera sido mejor para todos que no lo hubiera hecho. Pero quizá su madre le había tenido demasiado miedo a los cambios que produciría que se marchara.

Básicamente, su madre había tomado la decisión correcta y no le correspondía a ella juzgar.

–Lo siento, no debería haber dicho eso –murmuró.

–Había que decirlo. Yo necesitaba oírlo. Pero un buen hombre, un hombre que dedica tiempo a mirar debajo de la fachada y encontrar a la mujer que pide a gritos que la dejen salir... Bueno, ese hombre puede cambiar tu vida.

–Buenas tardes. Carmody y Asociados.

–Hola, Jasmine, soy Emma Byrne.

–Emma, hola –saludó con auténtico placer–. ¿Qué puedo hacer por ti?

–Me preguntaba... –apretó los labios un segundo–. ¿Está Jake?

–Sí, y en este momento no se encuentra ocupado. ¿Quieres que te pa...?

–No –tragó saliva–. Gracias. Quería saber... Que... –respiró hondo–. De hecho, tenía la esperanza de que pudieras ayudarme...

Emma se negó a dejar que los nervios le atenazaran la caja torácica. Tenía una misión y no sentía miedo de entrar en un rascacielos de oficinas para encarar la reunión más importante de su vida.

Eran las seis de la tarde de un fresco día de otoño y los trabajadores iban saliendo para ir a sus casas.

Mientras que su trabajo empezaba en ese momento. Se había prometido hablar con Jake Carmody y era lo que pensaba hacer. Se dijo que podía hacerlo.

Aferró la pequeña caja que llevaba y entró en un ascensor del que salían varios hombres. Apretó el botón del piso catorce y observó los números luminosos.

Las puertas se abrieron con suavidad y salió. Jasmine alzó la vista y sonrió al tiempo que recogía su bolso del escritorio y se dirigía a la salida.

–Pasa directamente. Empieza a impacientarse.

–Gracias.

Lo oyó al teléfono antes de llegar a la puerta abierta. Solo habían pasado tres días pero había echado de menos oír esa voz profunda. Era hora de dar el salto aterrador y hacer que él lo supiera.

Respiró hondo, llamó y entró.

Él alzó la vista detrás del escritorio mientras ella cerraba la puerta.

–Ha surgido algo. Te llamaré mañana –dijo al aparato–. Hola, Emma.

–Hola, Jake.

–Espero a una clienta... –estudió su rostro–. Imagino que eres tú.

–Jasmine me dijo que estarías aquí. Te pidió que esperaras, así que te lo agradezco.

Él la miró de arriba abajo y ella sintió que el rubor le subía hasta el cuello. Calor, deseo, añoranza. Los pezones se le endurecieron debajo del jersey de fina lana de cachemira.

Él miró su reloj de pulsera.

–Estaba a punto de irme. Necesito llegar a casa.

Sintió un nudo en el corazón y apretó la pequeña caja que portaba.

–¿Una... cita? –tuvo que forzar las palabras.

–¿Tú que crees, Emma?

–Creo que… si lo fuera… intentaría convencerte de que la cancelaras porque primero necesito hablar contigo.

–No es necesario… no hay ninguna cita –le daba vueltas al móvil que sostenía en las manos–. ¿Qué tal en Brisbane? ¿El nuevo trabajo es todo lo que querías?

–Sí. Y no –se centró en esos ojos–. Es todo lo que quería en una carrera profesional. Duplica mis ingresos actuales. Un despacho amplio con una placa con mi nombre en la puerta. La oportunidad de desarrollar mi negocio al margen. La oportunidad de viajar –frunció los labios–. Pero no es suficiente.

–¿Y por qué no es suficiente, Em? –se levantó, rodeó el escritorio y se apoyó en el borde.

–No es suficiente porque quiero más –dijo después de respirar hondo otra vez–. Lo quiero todo. ¿Qué sentido hay en tener éxito si estás sola? –alargó el regalo hacia él–. Te amo, Jake. Te necesito en mi vida. No importa qué otra cosa haga, te necesito.

Él movió levemente la cabeza como si no pudiera creer lo que oía. Luego miró la caja.

–Ábrela –pidió ella. Olvidó respirar cuando él levantó la tapa.

Luego la miró a los ojos con una sonrisa lenta. Alzó la tartaleta con el pequeño corazón en el centro.

–No es jabón. Es chocolate… la puedes comer.

–No estoy seguro de que quiera hacerlo. Es demasiado especial.

Ella juntó los dedos nerviosa.

–Jake… ¿tú me correspondes? De verdad necesito saber si estoy haciendo el ridículo en este momento…

–Emma –dejó la tartaleta y le tomó las manos–. Sé que cuando estoy contigo, cuando te miro, tengo esta sensación dentro de mí que hace que el Everest parezca un montículo. Me da una razón para levantarme y observar salir el sol y agradecerle al universo traerte a mi vida. Yo diría que eso es amor, ¿tú no?

–Sí. Porque es así como también tú me haces sentir. He venido para decir… para preguntarte… Jake, ¿te casarás conmigo? –las últimas palabras las soltó en un susurro trémulo.

La sonrisa lenta de él fue la visión más maravillosa y conmovedora que jamás había visto.

–Esta será una historia extraordinaria para contarle a nuestros hijos algún día.

Nuestros hijos. Su corazón floreció con todas las posibilidades que se abrieron en su interior de un futuro juntos.

–Entonces… ¿eso es un sí?

Le acarició la mejilla.

–No planeo que tengamos a nuestros hijos fuera del matrimonio, cariño.

Él inclinó la cabeza y ella se puso de puntillas, le rodeó el cuello con los brazos y le dio un beso con todo el amor y las emociones contenidas que tenía en su interior. Sin titubeos ni reservas, abrazándola para sentir su corazón, Jake le devolvió el beso.

Finalmente, ella se retiró y le enmarcó el rostro entre las manos.

–Me daba miedo amarte. El amor puede elevarte, pero también enterrarte tan hondo que eres incapaz de ver una salida. Vi lo que le hizo a mi madre. Vi cómo ella dejó que la destruyera. Pero cuando fui a Brisbane comprendí que no era como ella. Eso me lo demostraste tú al empujarme fuera de mi zona y permitirme ver otra faceta de mi ser. Y quiero agradecértelo el resto de nuestras vidas.

–Y yo quiero dejarte –le sonrió antes de ponerse serio–. Yo también tenía miedo, pero no quería reconocerlo. Jamás dejé que alguien se acercara tanto. Era más fácil tener aventuras y seguir adelante. Pero contigo me era imposible dejarte marchar. Hasta que me hablaste del trabajo nuevo. Quería que tuvieras esa carrera por la que tanto habías trabajado. El éxito. Tenía que dejarte ir y que lo averiguaras por ti misma, a pesar de que sabía que te amaba.

–No es suficiente. No sin ti –tiró de su mano–. ¿Podemos salir de aquí?

–Claro –apretándole los dedos, fue hacia la puerta–. Tengo una sorpresa para ti.

Jake le dio su dirección y un buen fajo de billetes al aparcacoches al ir a buscar el coche de Emma.

–Encuentra a alguien que se ocupe de él y ahí hay suficiente dinero para volver en un taxi –le dijo; luego le pasó el brazo por el hombro a Emma y la guió por la calle. Un rato más tarde, la besó en el escalón que llevaba a la puerta delantera–. Bienvenida a casa. Te amo, Emma, y jamás voy a cansarme de oírme decirlo.

–Y yo jamás me cansaré de oír… –un gemido largo y bajo los interrumpió, seguido de una serie de ladridos agudos–. ¿Qué es eso?

Él abrió la puerta y los recibió un torbellino de patas y ladridos jubilosos.

–Te presento a Scratch.

–¿Has comprado un perro? Por eso tenías que volver a casa.

–Es el perro abandonado del que te hablé.

–Y tú lo rescataste.

–No fui capaz de dejarlo en el refugio, así que lo elegí ayer –se inclinó para acariciarlo detrás de las orejas sedosas–. Creo que nos rescatamos mutuamente... ¿no es así, muchacho? ¿Qué te parece... tú, el cachorro y yo? No sabías que formaba parte del trato... ¿estás segura de que aún quieres casarte conmigo?

–¿Bromeas?

Unos momentos más tarde, con Scratch devorando su cena, Jake depositó un pequeño estuche en la palma de la mano de Emma.

–Para hacerlo oficial.

–¿Qué es esto? –abrió mucho los ojos–. ¿Cómo...?

–Iba a declararme la otra noche, Hasta que me contaste tu noticia.

–Oh, Jake. Estaba tan centrada en mí misma que no me...

La silenció con un dedo en los labios.

–Ábrelo.

–Cielos... –musitó–. Es precioso.

Tres diamantes en una alianza de platino parpadeaban a la luz.

–Uno para ti, otro para mí y otro para los niños que vamos a tener –le dijo, introduciéndoselo en el dedo. Entonces la abrazó y dio vueltas y vueltas hasta que ambos quedaron mareados. Luego tiró de su cinturón–. He de comunicarte que la primera vez que te vi con aquella gabardina me pregunté qué esconderías debajo. Ahora... quítatela y deja que lo vea.

Más tarde, Emma se acurrucaba contra él en la enorme cama.

–Creo que me gustaría quedarme aquí el resto del fin de semana –se estiró, sintiéndose satisfecha, enamorada y perezosa.

–Suena como un excelente plan.

–Nuestra casa junto al mar y un perro –murmuró–. Es realmente un hogar. Qué vida maravillosa...

–¿Y qué quieres hacer con esa vida... aparte de no parar de hacer el amor hasta el amanecer?

–Quiero concentrarme en Naturally Emma. Danny sigue pensando en comercializar mis productos en Queensland, y puede que vaya allí una vez al mes para ver cómo marcha todo.

–Quizá pueda acompañarte alguna vez. Como tu contable.

–No. Si me acompañas, será como mi marido.

–Mucho mejor. Voy a traer parte del trabajo de la oficina a casa. Cuando decidí tener un perro, establecí el compromiso de estar más tiempo en casa.

–Ninguno de los dos conseguirá finalizar el trabajo.

Rio y la rodeó con los brazos para ponerla encima de él.

–Creo que tienes razón.

–Siempre la tengo. Te pedí que te casaras conmigo, ¿no?

–Bien… ¿cómo te suena una boda en cuanto Ry y Stella vuelvan de su luna de miel?

Lo miró a esos ojos cálidos y en ellos vio brillar su amor.

–Perfecto.